麥田 捕手

THE CATCHER
IN THE RYE

J. D. SALINGER
譯／施咸榮　祁怡瑋

獻給　我的母親

1

如果你真的要聽，首先你想知道的，可能是我在什麼地方出生、我的狗屁童年如何度過、我爸媽在生我之前都忙些什麼，以及諸如此類《塊肉餘生錄》式的廢話，可是呢，老實告訴你，我無意詳述這一切。首先，我覺得諸如此類的事情很無聊；其次，要是細談我父母的個人私事，他們一定會大發雷霆。對於這種事情，他們最容易生氣，尤其是我爸。他們人還**不錯**——我並不想說他們的壞話——但他們的確敏感得不得了。再說，我也不是要告訴你我他媽的整個自傳。我想告訴你的只是我在去年耶誕節前那段令人抓狂的日子，後來我整個人身心俱疲，不得不離家到這裡來休養一陣子。我是說這些事情都是我告訴D.B.的，他是我哥哥，在好萊塢。那地方離我目前的破爛住處不遠，所以他常常來看我，幾乎每個週末都來，我打算下個月回家，他還要親自開車送我回去。他剛買了輛積架，一種英國小轎車，一小時可以開兩百英里左右，買這輛車花了他將近四千塊錢。現在的他有錢得很，過去的他不是這樣的。以前他在家裡的時候，只是個普通作家，寫過一本很讚的短篇小說集《祕密金魚》，為免你從來沒聽過，就讓我來告訴你吧。這本書裡最好的一篇就是〈祕密金魚〉，講的是一個小孩，怎麼樣都不肯讓人看他的金魚，因為那魚是他自己花錢買的。真夭壽。現在，他進了好萊塢，去給人做賤——這個D.B.。這世上我最討厭的一種東西，非電影莫屬。在我面前，你連提都不要給我提起。

我打算從我離開潘西中學那天講起。潘西這學校在賓州的艾傑斯鎮。你可能聽說過，也或許你至少看過廣告。總而言之，他們在大約一千份雜誌上刊了廣告，畫面上總是一個自命不凡的小伙子騎著馬在跳籬笆。好像在潘西除了比賽馬球就無事可做似的。其實我在學校附近連一匹馬的影子也沒見過。在這幅騎馬圖底下，總是這樣寫著：「自一八八八年起，我們就把孩子們栽培成卓越出眾、思路清晰的青年人。」鬼話連篇。在潘西也像在別的學校一樣，根本沒栽培什麼人才。而且在那裡我也沒見到任何卓越出眾、思路清晰的人。也許有那麼一兩個，但他們很可能在進學校前就**已經**是那樣的人了。

總而言之，那天正好是星期六，要跟薩克遜．霍爾中學比賽橄欖球。跟薩克遜．霍爾的這場比賽被視為潘西一帶的大事。這是年內最後一場球賽，要是潘西輸了，看樣子大家非自殺不可。我記得那天下午三點左右，我爬到高高的湯姆森山丘上看球賽，就站在那一座曾在獨立戰爭中用過的混帳大炮旁邊。從這裡可以看見整個球場，看得見兩隊人馬到處衝殺。看臺裡的情況雖然看不很清楚，但仍聽得見他們的吆喝聲，一片震天價響的喊聲為潘西叫好，因為除了我，差不多全校的人都在球場上，不過給薩克遜．霍爾那邊叫好的聲音卻是零零落落的，因為到客地比賽的球隊，帶來的人總是不多的。

每次的橄欖球賽中，總是很少見到女孩子。只有高年級的學生才可以帶女孩子來看球。不論從哪個角度來看，潘西都確實是個很糟糕的學校。我始終希望自己能身在一個至少偶爾可以看見幾個妹的地方，哪怕不過是看見她們在抓手臂的癢、擤鼻涕，或甚至只是吃吃傻笑之類的。賽爾瑪．舒莫——她是校長的女兒——倒是常常出來看球，可是像她這樣的女孩子，實在引不起你多大興趣。其實她為人不錯，有一次我跟她一起從艾傑斯鎮坐公車出去，她就坐在我旁邊，我們有一搭沒一搭地聊起天來。我滿喜歡她的。她的鼻子很大，指甲啃得七零八落，還好像在流血似的。內衣裡塞了不知幾層襯墊，弄得她的咪咪直聳入雲，但你見了，只會覺得好像有點替她難過。我喜歡她的地方，是她從來不誇耀她爸有多偉大。也許她知道他是個裝模作樣的飯桶。

我之所以站在湯姆森山丘上，沒下去看球，是因為我剛跟劍擊隊一起從紐約回來。我還是這個劍擊隊去他媽的領隊。這可是件了不得的大事。我們一早出發到紐約去跟麥氏中學比賽擊劍，只是這次比賽沒有比成。我們把比賽用的劍、裝備和一些別的東西，一股腦忘在他媽的地鐵上了。這也不能完全怪我，我必須不停地站起來看地圖，好知道在哪一站下車。結果，還不到晚餐時間，我們在下午兩點三十分就回到了潘西。坐火車回來的時候，一路上全隊的人誰也不理我。就某方面來說，倒也滿好笑的。

我沒下去看球的另一個原因，是我要去向我的歷史老師史賓塞告別。他得了流行性感冒，我猜在耶誕假期開始之前再也見不到他了。他寫了張字條給我，說是希望在我回家之前見我一次。他知道我這次離開潘西後再也不回來了。

忘了告訴你，他們把我踢出學校了，耶誕假期過後，我就不用回來了，原因是我有四科不及格，又不肯好好用功。他們常常告誡我要好好用功——特別是學期過了一半，我爸媽來學校跟舒莫他老兄談過話以後——但我總是當成耳邊風，於是我就被踢出去了。潘西常常開除學生。不過潘西這個學校在教育界獲得的評價很高，這倒是真的。

總而言之，那是十二月，天氣冷得像巫婆的乳頭，尤其是在這混帳山丘上。我只穿了件晴雨兩用的風衣，沒戴手套什麼的。上個星期，有人從我房裡偷走了我的駱駝毛大衣，大衣口袋裡還放著我那副毛皮襯裡手套。潘西多的是小偷。不少學生家裡都很有錢，但學校裡照樣到處是小偷。學校越貴族化，裡面的小偷也越多——我可不是開玩笑的。總而言之，我當時一動不動地站在那座混帳大炮旁邊，看著下面的球賽，凍得我屁股都快掉了。只是我沒專心在看球。我流連不去的真正目的，是想跟學校悄悄告別。我是說過去我也離開過一些學校、一些地方，但當時的我竟不知道自己要離開了。我痛恨這種事。我不在乎是走得很難過，還是走得很不漂亮，但只要是離開一個地方，我總希望離開的時候自己心裡有數，否則感覺甚至更糟。

算我運氣好。我突然想起了一件事，讓我感覺到自己他媽的就要滾出這個地方了。

我突然記起在十月間，我怎樣跟羅伯特・鐵奇納和保羅・坎貝爾一起在辦公大樓前扔橄欖球。他們都是好人，尤其是鐵奇納。那時正是在吃晚飯前，外面天已經很黑了，可是我們照樣扔著球。天越來越黑，黑得幾乎連球都看不見了，但我們還是不肯停下來。最後我們被迫停下來了。那位教生物的老師，柴柏西先生，從教務處的窗戶探出頭來，叫我們回宿舍去準備吃晚飯。我要是運氣好，能在緊要關頭想起這種事，就可以好好告別一下了——至少絕大部分時間都辦得到。因此我一有那感觸，就立刻轉身跑下另一邊山坡，向史賓塞老兄家跑去。他並不住在校園內。他住在安東尼・韋恩大道。

我一口氣跑到大門邊，然後稍停一下，喘一口氣。老實告訴你，我的氣不太足。我抽菸抽得很凶，這是一個原因——那是說，我過去抽菸抽得極凶，現在他們強迫我戒掉了。另一個原因，我去年一年內竟長了六英寸半。正因為這個緣故，我差點兒得了肺病，現在離家來這裡做他媽的檢查治療那一套。其實，我健康得很，什麼毛病也沒有。

總而言之，等喘過氣來以後，我就跑過二〇四號公路。天冷得像在地獄裡一樣，我他媽的差點摔了一跤。我甚至都不知道自己在跑個什麼勁——我猜我大概就是想跑一跑罷了。穿過馬路以後，我覺得自己好像在消失似的。那是個混帳下午，天氣冷得可怕，沒有出太陽什麼的，在每次穿越馬路之後，你總會有一種像是在消失般的感覺。

好樣的，我一到史賓塞老兄家門口，就拚命摁起門鈴來。我真的凍壞了，耳朵疼得厲害，手上的指頭連動都動不了。「喂！喂！」我幾乎大吼大叫了起來，「快來人開門哪！」最後史賓塞老兄的太太來開門了。他們家裡沒有傭人，每次總是他們自己出來開門。他們沒幾個錢。

「霍爾頓！」史賓塞太太說。「見到你真高興！進來吧，親愛的！凍壞了吧？」我覺得她的確很高興見到我。她喜歡我。至少我是這樣覺得。

好樣的，我真是三步做兩步跨進屋裡。

「史賓塞太太，您好嗎？史賓塞老師好嗎？」

「大衣交給我吧，親愛的。」她說。她沒聽見我問候史老師的話。她有點耳背。

她把我的大衣掛在門廳的壁櫥裡，我隨手把頭髮往後一撥。我經常把頭髮理得很短，所以用不著梳子梳。

「您好嗎，史賓塞太太？」我又說了一遍，只是說得更大聲，好讓她聽見。

「我很好，霍爾頓。」她關上了壁櫥門。「**你**好嗎？」從她問話的口氣，我立刻聽出史賓塞老兄已經把我被退學的事告訴她了。

「很好。史老師好嗎？他的感冒好了沒有？」

「好了沒有！霍爾頓，他完全跟個健康寶寶一樣了——我不知道怎麼說……他就在他房裡，親愛的。進去吧。」

2

他們各有各的房間，兩個人都是七十歲左右，或者甚至已經過了七十。不過他們還滿能自得其樂的——當然，也只有他們自己覺得有趣就是了。我知道這話聽起來有點刻薄，我並不是有意要說刻薄話。我的意思只是說我想史賓塞老兄想得太多了，想他想得**太**多之後，就難免想到像他這樣活著究竟有什麼意思。我是說，他的背已經完全駝了，身體的姿勢十分難看，上課的時候在黑板邊掉了粉筆，總要坐在第一排的學生走上去撿起來給他。真是可怕極了，在我看來。不過你要是想他想得恰到好處，而不要想得太多，你就會覺得他的日子還不算太難過。舉例來說，有一個星期天，我跟另外幾個人在他家喝熱巧克力，他還拿出一條破舊的納瓦伙族印第安毯子來給我們看，那是他跟史賓塞太太在黃石公園向一個印第安人買的。你想像得出史賓塞老兄買了那條毯子心裡多高興。這就是我要說的意思。有些人老得快死了，就像史賓塞老兄那樣，可是買了條毯子卻會高興得要命。

他的房門開著，但我還是輕輕敲了敲門，以示禮貌。我看得見他坐的地方。他坐在一把大皮椅上，用我剛才提到的那條毯子把全身裹得牢牢的。他聽見我敲門，就抬起頭來看了看。「誰？」他大聲嚷道。「考爾菲德？進來吧，孩子。」除了在教室裡，他總是大聲嚷嚷，有時候你聽了真會起雞皮疙瘩。

我一進去，馬上有點後悔自己跑來了。他正在看《大西洋月刊》，房間裡到處是藥丸和藥水，瀰漫著一股維克斯滴鼻藥水的味道。這實在叫人洩氣。我對生病的人反正沒多大好感。還有更叫人洩氣的，是史賓塞老兄穿著件破爛不堪的舊睡袍，大概是他出生那天就裹在身上的。我最不喜歡老人穿著睡衣褲和睡袍。他們那瘦骨嶙峋的胸脯老是露在外面。還有他們的腿。老人的腿，常常在海濱之類的地方見到，總是那麼白，沒什麼毛。「哈囉，老師，」我說。「我接到您的便條啦。真多謝。」他曾寫了張便條給我，要我在放假之前抽空到他家去道別，因為我這一走，是再也不回來了。「您太費心了。我反正總會來向您道別的。」

「坐在那上面吧，孩子。」史賓塞老兄說。他的意思是要我坐在床上。

我坐下了。「老師，您的感冒好些了嗎？」

「我的孩子，我要是覺得好些，早就出門去看醫生了。」史賓塞老兄說，說完他得意得不得了，馬上像個瘋子似的吃吃笑起來。最後他總算恢復了平靜，說道：「你怎麼不去看球？我本來以為今天有盛大的球賽呢。」

「今天是有球賽。我也去看了一下子。只是我剛跟劍擊隊從紐約回來。」我說。好樣的，他的床真像岩石一樣。

他變得嚴肅起來。我知道他會的。「這麼說來，你要離開我們了，嗯？」他說。

「是的，老師。我想是的。」

他開始老毛病發作，猛然點起頭來。你這輩子再也沒見過還有誰比他更會點頭。你也無從得知他猛點頭是由於他在動腦筋思考呢，還是由於他只是個老好人，連自己的屁股和手肘都分不清了。

「舒莫博士跟你說什麼了，孩子？我知道你們好好談了一談。」

「沒錯，我們談過。我們的確談過。我猜我在他的辦公室裡待了兩個鐘頭左右。」

「他跟你說了些什麼？」

「哦……呃，說什麼人生是場球賽。你得按照規則進行比賽。他的態度還不錯。我是說他沒有跳起來捶天花板什麼的。他只是卯起來談著什麼人生是場球賽。您知道的。」

「人生**的確**是場球賽，孩子。人生**的確**是場大家按照規則進行比賽的球賽。」

「是的，老師。我知道是場球賽。我知道。」

球賽個屁咧。對某些人來說是球賽。你要是參加了實力雄厚的那一邊，倒可以說是場球賽，沒錯——我願意承認這一點。但你要是參加了另外那一邊，一點實力也沒有，那麼還賽什麼球？什麼也賽不成。根本談不上什麼球賽。「舒莫博士寫信給你父母了嗎？」史賓塞老兄問我。

「他說他打算在星期一寫信給他們。」

「你自己寫信告訴他們沒有？」

「沒有，老師，我沒寫信告訴他們，因為我星期三就要回家，大概在晚上就可以見到他們了。」

「你想他們聽了這個消息會怎麼樣？」

「呃……他們聽了會覺得很煩，他們一定會的。這已是我第四次換學校了。」我搖了搖頭。我經常搖頭。「好樣的！」我經常說「好樣的」，這一方面是由於我的辭彙少得可憐，另一方面也是由於我的行為舉止有時很幼稚。我那時十六歲，現在十七歲，但有時我的行為舉止卻像十三歲。說來確實很可笑，因為我身高六英尺二英寸半，頭上還有白頭髮。我真的有白頭髮。在頭上的一邊——右邊，有千百萬根白頭髮，從小就有。但有時我的一舉一動卻還像只有十二歲。每個人都這樣說，尤其是我爸。這麼說一部分是正確的，但也不**完全**正確。人們總是以為某些事情是**完全**正確的。我根本不理這一套，除非有時候人們說我、要我老成些，我才會發起火來。有時候我的一舉一動要比我的年齡老得多——確實如此——但人們視而不見。他們是什麼也看不見的。

　史賓塞老兄又點起頭來了。他還挖起鼻孔來。他裝作只是捏一捏鼻子，其實他早將他那大拇指伸進去了。我猜他大概認為這樣做沒有什麼不對，因為當時房裡只有我一個。我倒也不怎麼在乎，只是眼睜睜看著一個人挖鼻孔，總不免有點噁心。

接著他說：「你爸媽幾個星期前跟舒莫博士談話的時候，我有幸跟他們見了面。他們都是再好不過的人了。」

再好不過，我打從心裡討厭這個詞。完全是裝模作樣。我每次聽見這個詞，心裡就作嘔。

突然間，史賓塞老兄好像有什麼很厲害、很尖銳——尖銳得像針一樣——的話要跟我說。他在椅子上微微坐直，稍稍轉過身來。但這不過是一場虛驚，他只是從大腿上拿起那本《大西洋月刊》，想扔到我旁邊的床上。他沒扔到。只差那麼兩英寸，但他沒扔到。我站起來從地上撿起雜誌，放在床上。突然間，我想離開這個混帳房間了。我感覺得出有一席可怕的訓話馬上就要展開。我倒不怎麼在乎聽訓，不過我不樂於一邊聽訓一邊聞維克斯滴鼻藥水的味道，一邊還得看著身穿睡衣褲和睡袍的史賓塞老兄。我真的不樂意。

訓話終於開始。「孩子，你這是怎麼回事呢？」史賓塞老兄說，口氣還相當嚴厲。「這個學期你修了幾科？」

「五科，老師。」

「五科。你有幾科不及格？」

「四科。」我在床上微微挪動一下屁股。這是我有生以來坐過最硬的床。「英文我考得不錯，因為《表沃夫》和《蘭德爾我的兒子》什麼的，我在胡敦中學時都念過了。我是說念英文這一科我不用下多大工夫，除了偶爾要寫寫作文。」

他甚至沒在聽。只要是別人說話，他總不肯好好聽。

「歷史這一科我沒讓你及格，因為你簡直什麼也不知道。」

「我明白，老師。好樣的，我完全明白。您也是沒有辦法。」

「簡直什麼也不知道。」他重複了一遍。就是這個最叫我受不了。我都已經承認了，他卻還要重複說一遍。然而他又說了第三遍。「簡直什麼也不知道。我十分十分懷疑，整整一個學期不知你可曾把課本翻開過那麼一次。到底翻開過沒有？說實話，孩子。」

「呃，我大概是看過那麼一兩次。」我告訴他。

我不願傷他的心。他對歷史簡直是著迷。

「你大概看過，嗯？」他說——用諷刺的語氣。「你的，呃，那份**試卷**就在我的小衣櫃頂上。最最上面的那份就是。請拿來給我。」

來這套非常下流，但我還是過去把那份試卷拿給他了——此外沒有其他辦法。然後我又坐到他那張像是水泥做的床上。好樣的，你想像不出我心裡有多懊惱，深深後悔自己不該來向他道別。

他拿起我的試卷，那樣子就像拿著一坨屎什麼的。「我們從十一月四日到十二月二日上關於埃及人的課。在自由選擇的申論題裡，你**選擇**寫埃及人，你想聽聽你說了些什麼嗎？」

「不，老師，我不怎麼想聽。」我說。

但他照樣念了出來。老師想幹什麼，你很難阻止他。他是非那麼**做**不可的。

> 埃及人是一個屬於高加索人種的古民族，住在非洲北部一帶。我們全都知道，非洲是東半球上最大的大陸。

我只好坐在那裡**聽**這堆廢話。來這一套確實下流。

> 我們今天對埃及人很有興趣，原因很多。現代科學仍想知道埃及人到底用什麼祕密藥料敷在他們所包裹的死人身上，能使他們的臉經無數世紀而不腐爛。這一有趣的謎仍是對二十世紀現代科學的一個挑戰。

他不念了，隨手把試卷放下。我開始有點恨他了。「你的**大作**，我們可以這麼說，寫到這兒就完了。」他用十分諷刺的口吻說。你想像不到他這樣一個老傢伙說話竟能這麼諷刺。

「可是，你在試卷底下還寫給我幾行字。」他說。

「我知道我寫了幾行字。」我說。我說得非常快，因為我想攔住他，不讓他把那玩意大聲讀出來。但你攔不住他。他熱切得像串著了火的鞭炮。

親愛的史賓塞老師（他大聲念道），我對埃及人只知道這一些。雖然您講課講得好極了，我卻對他們不怎麼感興趣。您大可以把我當掉，反正我除了英文一科以外，哪一科都不可能及格。

敬愛您的學生霍爾頓．考爾菲德敬上

他放下那份混帳試卷，雙眼盯著我，那樣子就像他媽的在比賽乒乓球或者其他什麼球的時候把我打得一敗塗地似的。他這樣把那幾行字大聲念出來，這件事我一輩子也不能原諒他。換成是**他**寫了那幾行字，我是絕不會大聲念給**他**聽的——真的不會。尤其是，我他媽的**寫**那幾行字只是為了安慰他，好讓他當掉我的時候不至於太難受。

「孩子，你怪我把你當掉嗎？」他說。

「不，老師！我當然不怪你。」我說。我他媽的真希望他別這樣卯起來叫我「孩子」。

他念完試卷，也想把它扔到床上。只是他又沒有扔到，當然囉。我不得不再一次起身把它撿起來，放在那本《大西洋月刊》上面。每兩分鐘起身給他撿一次東西，實在叫人厭煩。

「如果你是我，你會怎麼做？老實說吧，孩子。」

呃，你看得出他把我當掉，心裡確實不好受。我於是信口跟他胡扯起來。我告訴他說我真是個窩囊廢，諸如此類的話。我跟他說，換作是我，也不得不那麼做，還說大多數人都體會不到當老師的處境有多艱難。反正就是那一套陳腔濫調。

但奇怪的是，我一邊在信口開河，一邊卻在想別的事。我住在紐約，當時不知怎的竟想起中央公園靠南邊的那個小湖來了。我在想，我回家的時候湖裡的水大概已經結冰了。要是結了冰，那些野鴨都跑哪去呢？我埋頭想著，湖水整個凍結以後，那些野鴨到底上哪去了。我在想是不是會有人開輛卡車來，捉住牠們送到動物園裡。或者竟是牠們自己飛走了？

我倒是很幸運。我是說我竟能一邊跟史賓塞老兄胡扯，一邊想那些鴨子。奇怪的是，你跟老師聊天的時候，竟用不著動什麼腦筋。但我正在胡扯的時候，他突然打斷了我的話。他老喜歡打斷別人的話。

「孩子，你對這一切有什麼**感覺**呢？我很想知道。想知道得不得了。」

「您是說我被潘西退學這件事？」我說，我真希望他能把自己瘦骨嶙峋的胸脯遮起來。

這可不是太養眼的景色。

「要是我記的沒錯，我相信你在胡敦中學和愛爾敦．希爾斯也遇到過困難。」他說這話時不僅帶著諷刺，而且帶著點惡意了。

「我在愛爾敦．希爾斯倒沒什麼困難，」我對他說。「我不完全是被退學。我是主動走人的，可以這麼說。」

「為什麼呢，請問？」

「為什麼？哎呀，說來話長，老師。我是說問題極其複雜。」我不想跟他細談。他聽了也不會理解。這不是他在行的學問。我離開愛爾敦．希爾斯最大的原因之一，是因為我的四周全都是偽君子。就是那麼回事。到處都是他媽的偽君子。舉例來說，學校裡的校長哈斯先生就是我生平所見過最為假仁假義的雜種。比舒莫他老兄還要壞十倍。比如說，到了星期天，有些學生的家長開了汽車來接自己的孩子，哈斯他老兄就跑來跑去跟他們每個人握手，還像個妓女似的巴結人，除非見了某些模樣有點古怪的家長。你真該看看他怎樣對待我室友的父母，我是說要是學生的母親顯得太胖或者粗野，或者學生的父親湊巧是那種穿著寬肩膀衣服和粗俗的黑白兩色鞋的人，那時候哈斯他老兄就只跟他們握一下手，假惺惺地朝著他們微微一笑，然後逕自去跟其他學生的父母講話，一談也許就是半個**小時**。我受不了這種事。它會逼得我發瘋，會讓我煩惱得神經錯亂起來。我痛恨那所混帳中學愛爾敦・希爾斯。

史賓塞老兄這時又問了我什麼話，但我沒聽清楚。我正在想哈斯他老兄的事呢。

「什麼，老師？」我說。

「你離開潘西，有什麼特別不安的感覺嗎？」

「哦，倒是有一些不安的感覺。當然啦……可是並不太多。至少現在還沒有。我猜我還沒真正反應過來。不管什麼事，總要過一些時候，我才反應得過來。我現在心裡只想著星期三回家的事。我是窩囊廢。」

「你難道一點也不關心你自己的前途，孩子？」

「哦，我對自己的前途是關心的，沒錯。當然啦。我當然關心。」我考慮了一分鐘。「不過沒有太關心，我猜。沒有太關心，我猜。」

「你**會**的，」史賓塞老兄說。「你會關心的，孩子。到了後悔莫及的時候，你會關心的。」

我不愛聽他說這樣的話。聽起來好像我就要死了似的，令人十分沮喪。「我猜我會。」我說。

「我很想讓你的頭腦清醒些，孩子。我在試著幫助你，我在試著**幫助**你！只要我做得到。」

他倒是的確想給我些幫助。你看得出來。但問題是我們倆一個在南極一個在北極，相距太遠；就是那麼回事。「我知道您是想給我幫助，老師。非常感謝您。真的。我感謝您的好意。我真的感謝。」說著，我就從床邊站起身來。好樣的，哪怕要了我的命，也不能讓我在那裡再坐十分鐘了。「問題是，咳，我現在得走了。體育館裡還有不少東西等我去收拾，好帶回家去。我真有不少東西得收拾呢。」他抬起頭來望著我，又點起頭來，臉上帶著極其嚴肅的神情。突然間，我真為他難過。但我實在沒法再在那兒逗留了，像這樣一個在南極一個在北極，他呢，還不停地往床上扔東西，但又老是半路掉下，而且還穿著那件破舊的睡袍，外加露出他的胸膛，房間裡更瀰漫著一股象徵流行性感冒的維克斯滴鼻藥水氣味——在這種情況下，我實在待不下去了。「聽我說，老師。別為我擔心，我說真的。我會改過來的。我現在只是在經歷一個過程。誰都會經歷一些過程的，不是嗎？」

「我不知道，孩子。我不知道。」

我最討厭人家這樣回答問題。「當然啦。當然誰都會經歷一些過程，我說真的，老師。請別為我擔心。」我的手幾乎要去拍他的肩膀了。「行嗎？」我說。

「你想不想喝杯熱巧克力再走？史賓塞太太馬上……」

「我想，真的，問題是我得走啦。我得馬上到體育館去。謝謝。多謝您啦，老師。」

於是我們握了手，說了一些廢話。我心裡可真難受得要命。

「我會寫信給您的，老師。注意您的感冒，多多保重身體。」

「再見吧，孩子。」

我隨手帶上門，向客廳走去，忽然又聽到他大聲跟我嚷了些什麼，但我沒聽清楚。我相信他說的是「祝你好運」。我希望不是。我真他媽的希望不是。我自己從來不跟任何人說「祝你好運」。你只要仔細想一想，就會覺得這話真是可怕。

3

你這輩子大概沒見過比我更會撒謊的人。說來真是可怕。我哪怕是到店裡買一份雜誌，有人要是在路上見了我，問我去哪，我也許會說去看歌劇。真是可怕。因此我雖然跟史賓塞老兄說了要到體育館去收拾東西，其實完全是撒謊。我甚至根本不會把我那些混帳體育用具放在體育館裡。

我在潘西的時候，就住在新宿舍的奧森貝格紀念學苑裡。那裡只住高二和高三的學生。我是三年級生。跟我同寢室的是一個高二生。這個學苑是以一個從潘西畢業的校友奧森貝格命名的。他離開潘西以後，靠做殯葬業發了橫財。他在全國各地都設有殯儀館，你只要付五塊錢，就可以把你的家屬埋葬掉。你真該見見奧森貝格他老兄。他說不定只是把屍體裝在麻袋裡，往河裡一扔就算了。不管怎樣，他給了潘西一大筆錢，他們就把我們住的新學苑以他的名字命名。今年頭一次舉行橄欖球賽，他坐了他那輛混帳大凱迪拉克來到學校裡，我們大伙還得在看臺上全體肅立，給他來一個「火車頭」——那是一種歡呼的招式。第二天早晨，他在小教堂裡向我們演講，講了大概有十個鐘頭。他一開始就講了五十來個粗俗的笑話，向我們證明他是個多麼有趣的人物。真了不起。接著他告訴我們，每逢他有什麼困難，他從來不會恥於跪下來向上帝禱告。他教我們經常向上帝禱告——跟上帝無話不談——不管我們是在什麼地方。他教我們應該把耶穌看作是我們的好朋友。他說**他自己**就時時刻刻在跟耶穌談話，甚至在他開車的時候。真夭壽。我可以想像這個裝模作樣的大雜種怎樣把排檔推到第一檔，同時請求耶穌多開幾張私人小支票給他。他演講最精采的部分是恰恰好一半的時候，他正在告訴我們他自己有多麼了不起，多麼出人頭地，坐在我們前面一排的那個傢伙，愛德加·馬薩拉，突然放了個響屁。幹這種事確實很不雅，尤其是在教堂裡，但也十分有趣。馬薩拉他老兄差點沒掀掉屋頂。可以說幾乎沒一個人笑出聲來，奧森貝格老兄還裝出根本沒聽見的樣子，可是校長舒莫他老兄也在講臺上，正好坐在他旁邊，你看得出來**他**已經聽見了。**好樣的**，他該有多難受。他當時沒說什麼，可是第二天晚上他召集我們到辦公大樓上必修課的大教室，他自己就登臺演講。他說那個在教堂裡擾亂秩序的學生不配在潘西念書。我們想叫馬薩拉老兄趁舒莫他老兄正在演講時照樣再來一個響屁，但他當時沒那種心情，放不出來。總而言之，那就是我住的地方。奧森貝格老兄紀念學苑，在新宿舍裡。

離開史賓塞老兄家回到我自己房裡，感覺很不賴，因為人人都去看球賽了，房裡又正好開著暖氣，使人感到十分溫暖適意。我脫下大衣解下領帶，鬆了衣領上的鈕釦，然後戴上當天早晨在紐約買來的那頂帽子。那是頂紅色獵人帽，有一個很長、很長的鴨舌。我發現自己把所有那些混帳寶劍弄丟了之後，一下地鐵就在那家體育用品店櫥窗裡看見了這頂帽子，只花一塊錢買了下來。我戴的時候，把鴨舌轉到腦袋後頭——這樣戴十分做作，我承認，但我喜歡這樣戴。我這樣戴看起來很帥。然後我拿出我正在看的那本書，坐到自己的椅子上。每個房裡都有兩把椅子。我坐一把，跟我同寢室的瓦特．史泰德賴塔坐另一把。扶手都不成個樣子了，因為大家都坐在扶手上，不過這些椅子坐起來還滿舒服的。

我看的這本書是我從圖書館裡誤借來的。他們給錯了書，我回到房裡才發現。他們給了我伊薩克．狄尼森寫的《遠離非洲》。我本以為這是本破書，其實不是。寫得還不錯。我這人沒什麼文化，不過書看得倒不少。我最喜愛的作家是我哥哥 D.B.，其次是林．拉德納。在我進潘西前不久，我哥哥送了我一本拉德納寫的書，作為生日禮物。書裡有幾個十分離奇曲折的短劇，還有一個短篇小說，講的是一個交通警察怎樣愛上了一個非常漂亮、老是開快車的正妹。只是那條子已經結了婚，因此不能再跟她結婚什麼的。後來那正妹死了，因為她老是超速。這故事真夭壽。我最愛看的書是那種至少有幾處是別出心裁的。我看過不少經典作品，像《還鄉記》之類，我很喜歡；我也看過不少戰爭小說和偵探故事，卻看不出什麼名堂來。真正有意思的是那種你讀完後很希望寫這書的作家是你的好朋友，只要你高興，隨時都可以打電話給他。可惜這樣的書並不多。我倒不在乎打電話給這位伊薩克．狄尼森。還有林．拉德納，不過 D.B. 告訴我他已經死了。就拿毛姆的《人性枷鎖》來說吧。我去年夏天看了這本書。這是本挺不錯的書，但你看了以後絕不想打電話給毛姆。我說不出道理來。只是像他這樣的人，我就是不願打電話找他。我倒寧可打電話找湯瑪斯．哈代。我喜歡那個尤泰莎。

總而言之，我戴上我那頂新帽子，開始讀那本《遠離非洲》。這本書我早已看完，但我想把某些部分重讀一遍。只看了三頁，我就聽見有人掀開淋浴室的門簾走來。用不著抬頭，我就知道來者何人。是羅伯特．阿克萊，住在我隔壁房的傢伙。在我們這個學苑裡，每兩個房間之間就有個淋浴室，阿克萊老兄一天總要闖進來找我那麼八十五次。除了我，整棟宿舍裡恐怕只有他一個沒去看球。他幾乎哪裡都不去。他是個十分古怪的傢伙，四年級生，在潘西已整整念了四年，可是誰都叫他「阿克萊」，從不叫他名字。連跟他同寢室的赫伯．蓋爾也從不叫他「鮑伯」甚至「阿克」。他以後萬一結了婚，恐怕連他自己的老婆都只叫他「阿克萊」。他是那種圓肩膀、個子很高很高的傢伙——差不多有六英尺四——牙齒髒得要命。他住在我隔壁那麼久，我從沒見他刷過一次牙。那副牙齒像是長著苔蘚似的，髒得可怕，你要是在餐廳裡看見他滿嘴嚼著馬鈴薯泥和豌豆什麼的，簡直會使你他媽的噁心得想吐。此外他還長著滿臉的青春痘。不像大多數人那樣，在額頭上或者下巴上長幾顆，而是滿臉都是。不僅如此，他的個性很糟，為人也近於下流。說句老實話，我對他實在沒什麼好感。

我可以感覺到他正站在我椅子背後的淋浴臺上，偷看史泰德賴塔在不在屋裡。他恨史泰德賴塔恨得入骨，只要他在屋裡，就從不進我們房間。他恨每個人入骨，幾乎可以這樣說。

他從淋浴臺下來，走進我的房裡。「嗨！」他說這個字的語氣總好像極其厭煩或者極其疲憊似的。他不要你認為他是來**找**你或者什麼的，他總要讓你以為他是**走錯**了路闖進來的，天知道！

「嗨！」我說，但我還是照樣看我的書，沒有抬起頭來。遇到像阿克萊這樣的傢伙，你要是停止看書把頭抬起來，那你可就玩完了。你**反正**早晚要玩完，但你如果不馬上抬起頭來看，就不會完得那麼快。

他像往常一樣，開始在房間裡走來走去，走得非常慢，隨手從你書桌上或者五斗櫃上拿起你的私人東西來看。他老是拿起你的私人東西來看。好樣的，他這人有時真能惹你發火。「劍鬥得怎麼樣？」他說，他的目的只是不讓我看書，不讓我自得其樂。對於鬥劍，他才他媽的不感興趣呢。「我們贏了，還是怎麼？」他說。

「誰也沒贏。」我說，但仍沒抬起頭來。

「什麼？」他說。無論什麼事，他總要讓你說兩遍。

「誰也沒贏。」我說。我偷偷地瞄了一眼，看看他在我五斗櫃上翻什麼東西。他在看一張相片，是一個在紐約時經常跟我一起出去玩的名叫薩麗．海斯的妹的相片。自從我得到那張混帳相片以後，他拿起來看已經不下五千次了。他每次看完總是不物歸原位。他是故意這樣做的。你看得出來。「誰也沒贏？怎麼可能？」

「我把寶劍之類的混帳玩意全都忘在地鐵上了。」我還是沒抬起頭來看他。

「在**地鐵**上，天哪！你是說你把它們弄丟了？」

「我們坐錯了地鐵。我老是得站起來看車廂上的一張混帳地圖。」

他乾脆走過來擋住了我的光線。

「喂，你進來以後，我把這同一個句子都看了二十遍啦。」

除了阿克萊，誰都聽得出我他媽的這句話裡的意思，但他聽不出來。「他們會叫你賠錢嗎？」他說。

「我不知道，我也他媽的不在乎。你坐**下來**或者走開好不好，小鬼？你他媽的擋住我的光線啦。」他不喜歡人家叫他「小鬼」。他老是跟我說我是個他媽的小鬼，因為我只有十六歲，他十八歲。我一叫他「小鬼」，就會氣得他發瘋。

他依舊站在那裡不動。他正是那種人，你越是叫他不要擋住光線，他越是站著不動。他最後倒是會走開的，但你跟他一說，他反倒走得更慢。「你他媽的在看什麼？」他說。

「一本他媽的書。」

他用手把我的書往後一推，看那書名。「好看嗎？」他說。

「我正在看的這一句實在棒透了。」我只要情緒對了，也很會說反諷的話。但他一點也聽不出來。他又在房間裡走來走去，拿起我和史泰德賴塔的一切私人東西翻看。最後，我把那本書放到地上。有阿克萊那樣的傢伙在你身旁，你就別想看書。簡直不可能。

我往椅背上一靠，看阿克萊他老兄怎樣在我房裡自得其樂。我去紐約一趟回來，覺得有點累，便打起呵欠來。接著我就開始胡鬧。我有時候會胡鬧一番，好讓自己不至於無聊。我當時幹的，是把我的獵人帽鴨舌轉到前面，然後把鴨舌拉下來遮住自己的眼睛。這麼一來，我就什麼也看不見了。「我想我快變成瞎子啦，」我用一種十分沙啞的聲音說。「親愛的媽媽，這裡的一切怎麼都這麼**黑**啊。」

「你是瘋子。我可以對天發誓。」阿克萊說。

「親愛的媽媽，伸**手**扶我一下吧。幹嘛不**扶**我一下呢！」

「老天爺，別那麼幼稚。」

我開始學瞎子那樣往前亂摸，可是沒站起身來。我不停地說：「親愛的媽媽，幹嘛不**扶**我一下呢？」我只是在胡鬧罷了。當然啦，這樣做有時能讓我覺得十分快活。再說，我知道這還會讓阿克萊煩得要命。他老是引發我的虐待狂。我對他往往很殘忍。可是最後，我終於停止胡鬧了。我仍將鴨舌轉到腦袋後頭，稍稍休息一會兒。

「這是誰的？」阿克萊說。他拿起我室友的護膝給我看。阿克萊這傢伙什麼東西都要拿起來看。他甚至連你的護襠都會拿起來看。我告訴他說這是史泰德賴塔的。他於是往史泰德賴塔的床上一扔。他從史泰德賴塔的**五斗櫃**裡拿出來，卻往他的**床**上扔。

他過來坐在史泰德賴塔的椅子扶手上。他從來不坐在椅子上，老是坐在扶手上。「他媽的這頂帽子是哪弄來的？」他說。

「紐約。」

「多少錢？」

「一塊。」

「你上當啦。」他開始用火柴屁股剔起他的混帳指甲來。說來可笑。他的牙齒老是污穢不堪，他的耳朵也髒得要命，但他老是剔著自己的指甲。我猜想他大概以為這麼一來，他就成了個十分**乾淨**俐落的小伙子了。他剔著指甲，又望了我的帽子一眼。「在我們家鄉，就戴這樣的帽子打**鹿**，老天爺，」他說。「這是頂打鹿時戴的帽子。」

「見你媽的鬼。」我脫下帽子看了一會兒。我閉起一隻眼睛，像是朝他瞄準似的。「這是頂打人時戴的帽子，」我說。「我戴了它拿槍打人。」

「你家裡人知道你被退學了嗎？」

「不知道。」

「史泰德賴塔他媽的到底到什麼地方去了？」

「看球去了。他約了個馬子。」我打了個呵欠。我全身都在打呵欠。這房間實在他媽的太熱了，使人睏得要命。在潘西，你不是凍得要死，就是熱得要命。

「偉大的史泰德賴塔，」阿克萊說。「——喂，把你的剪刀借給我用一秒鐘，可以嗎？方便嗎？」

「不方便。我已經收起來了。在壁櫥的最上面呢。」

「拿出來借我用一秒鐘，可以嗎？」阿克萊說。「有一根指甲刺，我想剪掉。」

他可不管你是不是已經把東西收起來放到壁櫥的最上面。我沒辦法，只好拿給他。拿的時候，還差點把命給送掉了。我一打開壁櫥門，史泰德賴塔的網球拍——連著木架什麼的——正好掉到我頭上。只聽見**啪**的一聲巨響，痛得我要命，可是樂得阿克萊老兄他媽的差點兒也送掉了命。他開始用他高分貝的假音哈哈大笑起來。我把手提箱拿下來，取出剪刀給他，他始終哈哈笑個不停。像這種事——有人腦袋被石頭砸了什麼的——總能讓阿克萊笑得掉下褲子。「你真他媽懂得幽默，小鬼，」我對他說。「你知道嗎？」我把剪刀遞給他。「讓我來當你的經紀人，我可以讓你上天殺的電臺廣播節目。」我又坐到自己的椅子上。他開始剪他那看上去又粗又硬的指甲。「你用一下桌子好不好？剪在桌子上行嗎？我不想在今天夜裡光著腳踩你那爪子一樣的指甲。」但他還是照樣剪在地板上。一點禮貌也沒有。真的。

「史泰德賴塔約的馬子是誰？」他說。他老是打聽史泰德賴塔約的馬子是誰，儘管他恨史泰德賴塔恨得入骨。

「我不知道。幹嘛？」

「不幹嘛。好樣的，我受不了那婊子養的。那婊子養的實在叫我受不了。」

「他可**愛**你愛得要命呢。他告訴我說在他心目中你是個他媽的王子。」我說。我胡鬧的時候，常常叫人「王子」。這能給我解悶取樂。

「他老是擺出那種高人一等的臭架子，」阿克萊說。「我實在受不了那個婊子養的，你看得出他……」

「喂，你能不能把指甲剪在桌子上呢？」我說。「我已經跟你說了快五十……」

「他老是擺出他媽的那種高人一等的臭**架子**，」阿克萊說。「我甚至覺得那婊子養的智能不足。他**認為**自己很聰明。他認為他大概是世界上最最……」

「**阿克萊**！天哪。你**到底**能不能把你爪子似的指甲剪在桌子上？我已經跟你說了五十遍啦。」

他開始把指甲剪在桌子上，算是換換口味。你只有對他大聲嚷嚷，他才會照你的話去做。

我朝他看了一會兒。接著我說：「我知道你為什麼要痛恨史泰德賴塔，那是因為他三不五時就叫你刷牙。他雖然大聲吼你，倒不是有心侮辱你。他說話方式不對，不過他並不是有意侮辱你。他的意思不過是說你要是偶爾刷刷牙，就會好看得多，也舒服得多。」

「誰說我不刷牙了？少來這一套。」

「不，你不刷牙。我看見你不刷牙。」我說。但我倒不是存心給他難看，說起來我還有點為他難受呢。我是說如果有人說你不刷牙，那自然不是什麼太愉快的事。「史泰德賴塔這人還不錯。他心地不算太壞，」我說。「你不了解他，這就是問題的所在。」

「我還是要說他是婊子養的。他是個婊子養的自大狂。」

「他的確自大，但他在某些事情上也十分慷慨。他的確是這樣的。瞧。比如史泰德賴塔打了一條領帶，你見了很喜歡。比如說他打的那條領帶你喜歡得要命——我只是隨便舉個例子。你知道他會怎麼樣？他說不定會拆下來送你。他的確會。要不然——你知道他會怎麼樣？他會把領帶放在你床上或者其他什麼地方，但他會把那條混帳領帶送你。大多數人恐怕只會……」

「**他媽的**，」阿克萊說。「我要是有他那麼些錢，我也會這樣做的。」

「不，你不會的。」我搖搖頭。「不，你不會的，小鬼。你要是有他那麼些錢，你就會成為一個最大的……」

「別再叫我『小鬼』，他媽的。我大得都可以當你的混帳老爸啦。」

「不，你當不了。」好樣的，他有時候的確討人厭。他從不放過機會讓你知道你是十六他是十八。「首先，我絕不會讓你**進**我那混帳家門。」我說。

「呃，只要你別老是叫我……」

突然間，房門開了，史泰德賴塔老兄一下衝進房來，樣子十分匆忙。他老是那麼匆忙。一切事情在他看來都是了不起的大事。他走過來像他媽的鬧著玩似的在我兩頰上重重拍了兩下——這種舉動有時真是叫人哭笑不得。「聽著，你今天晚上有事出去嗎？」

「我不知道。可能會。他媽的外面是怎樣——下雪了？」他的大衣上全是雪。

「是的。聽著。你要是沒有要出去，能不能把你那件獵犬牙齒圖案的夾克借我穿一下？」

「誰贏了？」我說。

「才賽了半場而已。我們不看了，」史泰德賴塔說。「別再鬧了，今天晚上你到底穿不穿那件獵犬牙齒圖案的夾克？我那件灰法蘭絨上面全都濺上髒東西啦。」

「是沒有要穿，只是我不希望你把外套肩膀撐得他媽的大。」我說。我們倆的身高差不多，但他的體重幾乎超過我一倍，他的肩膀寬極了。

「我不會把肩膀撐大的。」他急忙向壁櫥走去。「你好啊，阿克萊。」他跟阿克萊說。史泰德賴塔倒是個和氣的傢伙。和氣裡面帶著點虛情假意，不過他見了阿克萊至少總要打個招呼什麼的。

他說「你好啊」的時候，阿克萊好像是嗯了一聲。他不會**回答**他，但他沒膽量連吭也不吭一聲。接著他對我說：「我想我該走了。再見。」

「好吧。」我說。像他這號人物離開你回他自己的房間去，你絕不至於為他心碎的。史泰德賴塔老兄開始脫大衣解領帶。「我想趕快刮個鬍子。」他說。他是個大鬍子。他的確是。

「你馬子呢？」我問他。

「她在側屋等我。」他把洗臉用具和毛巾夾在腋下走出房去，連一件襯衫也沒穿。他老是光著上半身到處跑，因為他覺得自己的體格他媽的魁梧。他的體格倒也的確魁梧，這一點我得承認。

4

我閒著沒事，就也到盥洗室裡，在他刮鬍子的時候跟他聊天。盥洗室裡就只有我們兩個，因為全校的人還在外面看球賽。室內熱得要命，窗子上全是水汽。緊挨著牆裝有一排洗手臺，大約十個左右。史泰德賴塔用中間那個，我就坐到他旁邊的那個洗手臺上，開始把那個冷水龍頭開了又關——這是我的一種癖好。史泰德賴塔一邊刮鬍子，一邊吹口哨，吹的是〈印度之歌〉。他吹起口哨來聲音很尖，調子幾乎永遠沒有對的時候，而他還總是挑那些連最會吹口哨的人也吹不好的歌曲來吹，如〈印度之歌〉或〈十號路上大屠殺〉。他真能把一支歌吹得一塌糊塗。

你記得我說過阿克萊的個人習慣十分邋遢嗎？呃，史泰德賴塔也一樣，只是方式不同。史泰德賴塔是私底下邋遢。他**外貌**總是保持得不錯，這個史泰德賴塔。可是隨便舉個例子說吧，你拿起他的刮鬍刀看看。那刮鬍刀鏽得像塊爛鐵，沾滿了肥皂泡沫、鬍碴之類的髒東西。他從來不把刮鬍刀擦乾淨。他打扮完畢以後，外貌倒是頗帥氣，但你要是像我一樣熟悉他的為人，就會知道他私底下是個邋遢鬼。他之所以把自己打扮得體體面面，是因為他瘋狂地迷戀自己。他自以為是西半球上最最俊俏的男子。他長得**是**滿帥的——我承認這一點。但他不過就是那種俊男，就是如果你父母在《年鑑》上看到了他的照片，馬上會說：「這孩子是誰？」——我的意思是說他只是那種《年鑑》上的俊男。在潘西我見過不少人都要比史泰德賴塔來得帥，不過你如果在《年鑑》上見了他們的照片，絕不會覺得他們哪裡好看。他們不是顯得鼻子太大，就是有一對招風耳。我自己常常有這種經驗。

總而言之，我坐在史泰德賴塔旁邊的洗手臺上，看著他刮鬍子，手裡玩著水龍頭，把它一會兒開一會兒關的。我仍舊戴著那頂紅色獵人帽，鴨舌也仍轉在腦袋後頭。這頂帽子的確讓我覺得很得意。

「喂，」史泰德賴塔說。「肯幫我一個大忙嗎？」

「什麼事？」我並不太熱心地說。他老是要求別人幫他大忙。有一種人，長得很不錯，或者自以為了不起，這種人老愛要求別人幫他大忙。他們因為瘋狂地迷戀自己，就以為人人都瘋狂地迷戀他們，人人都渴望幫他們的忙。說起來確實有點好笑。

「你今晚要出去嗎？」

「我可能出去，也可能不出去。我不知道。幹嘛？」

「我得準備星期一的歷史課，有一百頁左右的書要看，你能不能幫我寫一篇作文，應付一下英文課？我要你幫忙，是因為到了星期一再不把那篇混帳玩意兒交出去，我就要吃不了兜著走啦。可以嗎？」這事非常滑稽。的確滑稽。

「我考不及格，給踢出這個混帳學校，你倒來要求我幫你寫一篇混帳作文。」我說。

「沒錯，我知道。問題是，我要是再不交，就要吃不了兜著走啦。好哥兒們，幫我擋一下吧。行嗎？」

我沒馬上回答他。對付史泰德賴塔這樣的雜種，最好的辦法是賣關子。

「什麼題目？」

「**什麼**都行。只要是敘述文都可以。描寫一個房間，或者一棟房子，或者什麼你過去住過的地方——**你**知道。只要他媽的是敘述文就行。」他一邊說，一邊打了個很大的呵欠。就是這種事讓我十分惱火。我是說，如果有人一邊口口聲聲要你幫他媽的什麼忙，一邊卻在那裡**打呵欠**。「只是別寫得**太**好。那個婊子養的哈茲爾認為你是個國文天才，他也知道你跟我同寢室。所以啦，我的意思是你別把標點符號之類的玩意放對位置。」

這又是另一種讓我十分惱火的事。我是說如果你作文寫得好，卻有人在那裡談著標點符號。史泰德賴塔老幹這種事。他要你覺得，**他**的作文之所以寫不好，僅僅是因為他把標點符號全放錯了位置。在這方面他也有點像阿克萊。有一次我坐在阿克萊旁邊看籃球比賽，我們隊裡有個強手，叫胡維．考埃爾，能中場投籃，百發百中，連籃板都不會碰到一下。阿克萊在他媽的整個比賽中卻老是說考埃爾的**身材**打籃球合適極了。天哪，我厭惡這種屁事。

我在洗手臺上坐了會兒，覺得無聊了，心裡一時高興，就往後退了幾步，開始跳起踢踏舞來。我只是想讓自己開心。我其實並不會跳踢踏舞之類的，不過盥洗室裡是石頭地板，跳踢踏舞十分合適。我開始學電影裡的某個傢伙。是那種**歌舞片**裡的。我恨電影就像恨毒藥似的，但我倒是能從模仿電影裡的動作得到樂趣。史泰德賴塔老兄刮鬍子的時候在鏡子裡看著我跳舞。我需要的正是一個觀眾。我是個愛現鬼。「我是混帳州長的兒子，」我說。我那樣不要命地跳著踢踏舞，都快把自己累死了。「我父親不讓我跳踢踏舞，他要我去念牛津，但踢踏舞是我他媽的第二生命。」史泰德賴塔老兄笑了。他這人倒是有幾分幽默感。「今天是齊格飛時事諷刺劇開演之夜。」我都喘不過氣來了。我的呼吸本來就十分短促。「那位帶舞的不能上場。他醉成一攤爛泥啦。那麼誰來替他上場呢？我，只有我。混帳老州長的小兒子。」

「你從哪弄來的？」史泰德賴塔說。他指的是我那頂獵人帽。他之前沒有看過。

我實在喘不過氣來了，所以我就不再胡鬧。我脫下帽子看了第九十遍。「今天早上我在紐約買的。一塊錢。你喜歡嗎？」

史泰德賴塔點點頭。「很屌。」他說。可是他只是為了討我歡喜，因為他接著馬上說：「喂，你到底肯不肯替我寫那篇作文？我得知道一下。」

「要是我有時間，可以。要是我沒有時間，不可以。」我說。我又過去坐在他身邊的那個洗手臺上。「你約的馬子是誰？」我問他。「菲芝潔洛？」

「去你媽的，不是！我不是早跟你說了，我早跟那母豬一刀兩斷啦。」

「真的嗎？把她轉讓給我吧，好樣的。我可不是開玩笑。她很合我胃口。」

「就給你吧……對你說來她年紀太大啦。」

突然間——沒有任何其他原因，只不過我一時高興，想胡鬧——我很想跳下洗手臺，給史泰德賴塔老兄來個鎖喉擒拿。你要是不知道什麼是鎖喉擒拿，那麼我來告訴你吧，那是摔角的一種招數，就是用手臂卡住對方的脖子，如果需要，甚至可以把他掐死。我就這麼做了。我像一隻他媽的美洲豹似的一下撲到了他身上。

「住手，霍爾頓，老天爺！」史泰德賴塔說。他沒心思胡鬧。他正在一個勁兒刮鬍子。「你要把我怎樣——把我的混帳腦袋瓜扭下來？」

我可沒鬆手。我已緊緊地把他的脖子卡住了。「你有本事，就從我的鐵臂中掙脫出來。」我說。

「老——天爺！」他放下刮鬍刀，猛地把兩臂一抬，掙脫了我的掌握。他是個力氣很大的大個兒，我是個力氣很小的瘦竹竿。「哎，別胡鬧啦。」他說。他又把鬍子刮了一遍。每次他總要刮兩遍，保持外表美觀。就用那把髒得要命的刮鬍刀。

「你約的要不是菲芝潔洛，那**是**誰？」我問他。我又坐到他旁邊的洗手臺上。「是不是菲麗絲．史密斯那個妹？」

「不是。本來應該是她，後來不知怎麼搞砸了。這下子我約的是跟布德．莎同寢室的那位……嘿，我差點忘了。她認得你呢。」

「誰認得我？」

「我約的馬子。」

「是嗎？」我說。「她叫什麼名字？」我倒是感興趣了。

「讓我想一想……啊。瓊．迦拉格。」

好樣的，他這麼一說，我差點兒暈死在地。

「應該是琴．迦拉格。」我說。他一報上她的芳名，我甚至都從洗臉臺上站起來了，差點沒暈死在地。「你他媽的說得沒錯，我認識她。前年夏天，她幾乎就住在我家**隔壁**。她家養了隻他媽的杜賓狗。我就是因為那狗才跟她認識的。她的狗老是到我們……」

「你擋住我的光線啦，霍爾頓，老天爺，」史泰德賴塔說。「你非站在那裡不可嗎？」

好樣的，我心裡興奮著呢。我的確很興奮。

「她在哪？」我問他。「我應該下去跟她打個招呼才是。她在哪？在側屋裡？」

「沒錯。」

「她怎麼會提到我的？她現在是念巴美中學嗎？她說過可能要念那裡。不過她也說可能會念西普萊。我一直以為她是在西普萊呢。她怎麼會提到我的？」我心裡十分興奮。我的確十分興奮。

「**我**不知道，老天爺。請你起來一下，可以嗎？你坐在我毛巾上啦。」史泰德賴塔說。我確實坐在他那條混帳毛巾上了。

「琴．迦拉格。」我說。我念念不忘這件事。「老天爺。」

史泰德賴塔老兄在往他的頭髮上抹髮膠。是我的髮膠。

「她是個舞者，」我說。「會跳芭蕾舞什麼的。那時正是夏天最熱的時候，她每天還要練兩個小時，從不間斷。她擔心自己的大腿可能變粗變難看。我老跟她在一起下西洋棋。」

「你老跟她在一起下**什麼**？」

「西洋棋。」

「西洋棋，老天爺！」

「沒錯。她從來不走她的那些國王。她有了國王，卻不肯用，只是讓它待在最後一排，從來不用。她就是喜歡它們在後排待著時的那種樣子。」

史泰德賴塔不做聲。這種事一般人都不感興趣。

「她媽跟我們在同一個俱樂部裡。我偶爾也幫人撿球，不過是為了幾個錢。我幫她媽撿過一兩次球。她大約進了九個洞，得一百七十多分。」

史泰德賴塔簡直沒在聽。他正在梳他一綹綹漂亮的鬈髮。

「我應該下去，至少跟她打個招呼。」我說。

「幹嘛還不去？」

「等一下就去。」

他又重新分起他的頭髮來。他梳頭總要梳上個把鐘頭。

「她母親跟她父親離了婚，又跟一個酒鬼結了婚，一個瘦成皮包骨的傢伙，腿上長滿了毛。我記得很清楚。他一天到晚穿著短褲。琴說他大概是個劇作家什麼的，不過我只看見他一天到晚喝酒，聽收音機裡的每一個混帳偵探節目。還光著身子他媽的滿屋跑，不怕有琴在場。」

「是嗎？」史泰德賴塔說。這真的讓他感興趣了：聽到一個酒鬼光著身子滿屋跑，還有琴在場。史泰德賴塔是個非常好色的雜種。

「她的童年真是糟糕透了。我不是開玩笑的。」

但史泰德賴塔對這不感興趣。他感興趣的只是那些非常色情的東西。

「琴・迦拉格，老天爺。」我念念不忘。我確實念念不忘。「至少，我應該下去跟她打個招呼。」

「你他媽的幹嘛不去，光說不練？」史泰德賴塔說。

我走到窗邊，可是望出去什麼也看不見，因為盥洗室裡熱得要命，窗玻璃上全是水汽。「我現在沒那心情，」我說。我的確沒那心情。做那種事，你總得有那心情。「我還以為她念西普萊了呢。我敢發誓她是念西普萊。」我沒別的事可做，就在盥洗室裡走來走去一會兒。「她喜歡這場球賽嗎？」我說。

「嗯，我猜是吧。我不知道。」

「她告訴你我們老在一起下棋嗎？還是其他什麼事？」

「我不知道。老天爺，我才剛**認識**她呢。」史泰德賴塔說。他剛梳完他漂亮的混帳頭髮，正在收拾他那套髒得要命的梳妝用具。

「聽我說。你代我向她問好，可以嗎？」

「好吧。」史泰德賴塔說，但我知道他大概不會。像史泰德賴塔那樣的傢伙，他們是從來不代別人問好的。

他回房去了，我繼續在盥洗室裡待了一會兒，想著琴。然後我也回到了房裡。

我進房時，史泰德賴塔正在鏡子前打領帶。他這輩子恐怕有他媽的一半時間是在鏡子前面度過的。我在自己的椅子上坐下，看了他一會兒。

「喂，別告訴她我被退學了，可以嗎？」

「可以。」

史泰德賴塔就是這一點好。在一些小事情上，他跟阿克萊不一樣，你用不著跟他仔細解釋。我猜想，這多半是因為他對一切都不怎麼感興趣。這正是原因的所在。阿克萊就不一樣。阿克萊是個好管閒事的雜種。

他穿上了我那件獵犬牙齒圖案的夾克。

「老天爺，可別給我撐大了，我只穿過兩次哩。」

「我不會的。他媽的我的香菸到哪去了？」

「在書桌上。」他老是不記得自己的東西放在什麼地方。「在你的圍巾底下。」他把香菸裝進他的上衣口袋——**我的**上衣口袋。

我突然把我那頂獵人帽的鴨舌轉到前面，算是換個花樣。我頓時緊張起來。我是個很容易緊張的人。「聽我說，你約了她去哪呢？」我問他。「你決定了嗎？」

「我不知道。要是來得及，也許去紐約。她外出時間只簽到九點三十，老天爺。」

我不喜歡他說話的口氣，所以我說：「她之所以只簽到九點三十，大概是因為她不知道你是個多帥、多迷人的雜種。她要是**知道**了，恐怕要簽到**明天早上**九點三十哩。」

「完全正確，」史泰德賴塔說。你很難惹他生氣。他太自大了。「別再開玩笑了。幫我寫那篇作文吧。」他說。他已經穿上了大衣，馬上準備走了。「別費太多工夫，只要是篇敘述文就可以。行嗎？」

我沒回答他。我沒那心情。我只說了句：「問問她下棋的時候是不是還把所有的國王都留在後排。」

「好的，」史泰德賴塔說，我知道他絕不會問她。「請放心。」他砰的一聲關上門，走出了房間。

他走後，我又坐了半個小時左右。我是說我只是坐在椅子上，什麼也不做。我一心想著琴，還想著史泰德賴塔跟她約會。我心緒十分不寧，都快瘋了。我已經跟你說過，史泰德賴塔是個多麼好色的雜種。

突然間，阿克萊又闖了進來，跟平常一樣是掀開淋浴室門簾進來的。在我的混帳一生當中，就這一次見了他我打從內心深處覺得高興。他讓我的心思可以轉移到別的事情上去。

他一直待到吃飯的時候，議論著潘西裡面他所痛恨的每個人，一邊不停地擠他下巴上的一個大青春痘。他甚至連手帕也不用。我甚至覺得這雜種根本沒有手帕，老實告訴你。至少，我從來沒看見他用過手帕。

5

在潘西，一到星期六晚上我們總是吃同樣的餐點。這應該算是件大事，因為他們給你吃牛排。我願意拿出一千塊錢打賭，他們之所以這麼做，只是因為星期天總會有不少學生家長來學校，舒莫他老兄大概認為每個學生的母親都會問她們的寶貝兒子昨天晚飯吃些什麼，他就會回答：「牛排。」多大的騙局。你應該看看那牛排的樣子，全都又硬又乾，連切都切不開。而且在吃牛排的晚上，總是給你有很多硬塊的馬鈴薯泥，飯後點心也是蘋果麵包屑做的布丁，除了不懂事的低年級小鬼和像阿克萊這種什麼都吃的傢伙以外，沒有人要吃。

可是我們一出餐廳，心裡不禁高興起來。地上的積雪已有約三英寸厚，天上還在瘋狂地下雪個不停。那景色真是美極了。我們立刻打起雪仗來，東奔西跑鬧著玩。的確很孩子氣，不過每個人都玩得很痛快。

我沒有約會，就跟我的朋友馬爾．勃羅薩德——那個參加摔角隊的——商量好，打算搭公共汽車到艾傑斯鎮上去吃一客漢堡牛排，或者再看一場他媽的混帳電影。我們兩個誰也不想在學校裡枯坐整整一晚。我問馬爾能不能讓阿克萊跟我們一起去，我之所以這樣問，是因為阿克萊在星期六晚上什麼事也不做，只是待在自己房裡，擠擠臉上的青春痘。馬爾說可以是可以，不過他也不十分熱中於邀阿克萊同行。他不怎麼喜歡阿克萊。無論如何，我們倆都各自回房收拾東西，我一邊穿雨鞋什麼的，一邊大聲嚷嚷著問阿克萊老兄去不去看電影。他從淋浴室門簾聽得見我說話，可是他並不馬上回答。他就是那種人，問他什麼事都不肯馬上回答。最後他從混帳門簾那兒過來了，站在淋浴臺上，問我還有誰同去。他老是打聽什麼人去什麼地方。我敢發誓，這傢伙要是在哪沉了船，你把他救到一隻他媽的船裡，他甚至在跨上救生船之前都要打聽是誰在划船。我告訴他說還有馬爾一起去，他說：「**那**雜種……好吧。等我一下。」聽起來倒像是他在給你面子呢。

他耗了五個鐘頭左右才收拾妥當。在他收拾打扮的時候，我走到自己的窗戶前，打開窗，空手捏了個雪球。這雪捏起球來真是好極了。不過我沒往任何東西上扔。我本來要往一輛停在街對面的汽車上扔，但我後來改變了主意。那汽車看起來那麼白，那麼漂亮。接著我打算往一個消防栓上扔，但那東西也顯得那麼白，那麼漂亮。最後我沒往任何東西上扔，只是關了窗，在房間裡走來走去，把雪球捏得硬上加硬。後來，我、馬爾和阿克萊三個一起上公共汽車的時候，我手裡還捏著那個雪球。公共汽車司機開了門，要我把雪球扔掉。我告訴他說我不會拿它扔任何人，可是他不信。人們就是不信你的話。

馬爾和阿克萊兩個都已看過正在上映的電影，所以我們只是吃了兩客漢堡牛排，玩了會兒彈球機，然後搭公共汽車回潘西。我倒不在乎沒看到電影。好像是個喜劇，卡萊·葛倫主演，反正是那一套東西。再說，我以前也跟馬爾和阿克萊一起看過電影，一點也不好笑的事情都能讓他倆笑得像個瘋子似的。我甚至不想坐在他們身旁看電影。

我們回到宿舍時才八點四十五分。馬爾老兄是個橋牌迷，一回到宿舍，就到處找人打牌去了。阿克萊老兄在我房裡待了會兒，只是為了換換口味。不過這次他不是坐在史泰德賴塔椅子的扶手上，而是乾脆躺在我床上，他整張臉還貼在我的枕頭上。他開始用單調的聲音嘟嘟囔囔地說起話來，同時卯起來擠滿臉青春痘。我給了他一千個暗示，都沒法把他打發走。他只顧用那種單調的聲音絮絮談著今年夏天他怎樣跟一個妹發生曖昧關係。這事他跟我說了一百遍左右，每次說的都不一樣。這一分鐘說是在他表兄的別克轎車裡跟她胡搞，下一分鐘又說是在什麼木板步道下面。當然啦，全是一派胡言。在我看來，他倒真是個不折不扣的處男。我懷疑他甚至連摸都不曾摸過誰一下。總而言之，我最後不得不直截了當地告訴他，我要替史泰德賴塔寫一篇作文，他得他媽的給我出去，好讓我專心構思。他最後倒是出去了，可是跟往常一樣磨蹭了半天才走。他走後，我換上睡褲睡袍，戴上我那頂獵人帽，開始寫起作文來。

問題是，我實在想不起有什麼房間、屋子或其他什麼東西可以照史泰德賴塔說的那樣加以描寫。至少我自己對描寫房屋之類的東西不太感興趣。因此我索性描寫起我弟弟艾利的壘球手套來。那是個相當具有描寫性的題材。真的。我弟弟是個左撇子，所以那是隻左手手套。描寫這題材的動人之處，在於他在手套的指頭上、指縫裡到處寫著詩句。用綠色墨水寫成的。他寫這些詩句的目的，是待在場上遇到沒人攻球的時候可供閱讀。他已經死了，是一九四六年七月十八日我們在緬因州的時候得白血病死的。你肯定會喜歡他。他比我小兩歲，可是比我聰明五十倍。他實在聰明過人。他的老師們老是寫信給我媽，告訴她他們有多高興班上有他那麼一個學生。而他們也絕不是隨便說說的。他們說的確實是真心話。他不僅是全家最聰明的孩子，而且在許多方面還是最討人喜歡的孩子。他從來不跟人發脾氣。大家都認為有紅頭髮的人最是容易發脾氣，但艾利從來不發脾氣，他的頭髮倒是紅得很。我來告訴你他有什麼樣的紅頭髮吧。我十歲就開始打高爾夫，還記得十二歲那年夏天，有一次正在打高爾夫，我忽然覺得只要猛一轉身，就會看見艾利。我轉身一看，果然沒錯，他正坐在籬笆外的自行車上呢——有道籬笆圍著高爾夫球場——他坐在離我一百五十碼左右的地方，在看我打球。他就有那樣的紅頭髮。可是天哪，他真是個好孩子，好樣的。他往往在飯桌上忽然想起什麼，一下子笑得不可開交，差點沒從椅子上摔了下來。我只有十三歲的時候，他們就要送我去做精神分析，因為我用拳頭把車庫裡的玻璃窗全都打碎了。我並不怪他們，真的不怪。他死的那天晚上我睡在車庫裡，用拳頭把那些混帳玻璃窗全都打碎了，只是為了出氣。我甚至還想把那年夏天買的那輛休旅車上的玻璃也都打碎，可是我的手已經鮮血淋漓，使不上力了。這樣做的確傻得要命，我承認，但我簡直不知道自己在幹什麼，再說你也不認識艾利。現在到了陰雨天，我那隻手還是會痛，此後也一直沒辦法握拳——我的意思是說握不緊——可是除此以外，我並不怎麼在乎。我是說反正我不想當他媽的外科醫生或小提琴家什麼的。

總而言之，這就是我幫史泰德賴塔寫的作文。艾利老兄的壘球手套。那手套湊巧在我的手提箱裡，我就把它取出來，抄下寫在上面的那些詩。我要做的只有一件事，就是把艾利的名字換掉，不讓人知道這是我弟弟的名字而不是史泰德賴塔弟弟的名字。我並不太願意這麼做，可是我一時想不起有什麼其他東西可以描寫。再說，我倒是有點喜歡寫這題目。我寫了約一個鐘頭，因為我得用史泰德賴塔的混帳打字機，用起來很不順手。我沒有用自己的打字機，是因為我已經把它借給樓下的一個傢伙了。

我寫完的時候，大約是十點三十分，我猜。我一點也不覺得睏，所以就走到窗前往外眺望了一下子，雪已經停了，可是每隔一段時間，你就可以聽見一輛拋錨的汽車發動引擎的聲音。你還可以聽見阿克萊他老兄打呼的聲音。就從混帳淋浴室的門簾那兒傳來。他的鼻腔有毛病，睡著的時候呼吸不怎麼順暢。那傢伙簡直什麼毛病都有。鼻腔炎、青春痘、黃牙、口臭、灰指甲。你有時真不禁有點替這個倒楣的婊子養的難過呢。

6

有些事很難記起來。我現在正在回想史泰德賴塔跟琴約會後回來時的情景。我是說，我怎麼也記不起我聽到他的混帳腳步聲從走廊傳來時我到底在幹什麼。我大概還在往窗外眺望，但我發誓我怎麼也記不起來。原因是，我當時心裡煩得要命。我要是為什麼事心裡真正煩起來，就不再胡鬧。我心裡一煩，甚至會要上廁所，只是我也不去上，我煩到不去上廁所的地步，我不願打斷自己的煩惱去上廁所。要是你認識史泰德賴塔，你肯定也會心煩。我曾跟那雜種一起成對約會過，我知道我自己在說什麼。他這人不知廉恥。他真是這樣的人。

總而言之，整個走廊都鋪著油氈，你聽得見他那混帳腳步聲正往房裡走來。我甚至記不起他進來的時候我到底坐在什麼地方——坐在窗邊呢，還是坐在我自己的或他的椅子上。我可以發誓，我再也記不得了。

他進來的時候沒事找碴，怪外面天氣太冷。接著他說：「他媽的這裡的人都到哪去了？簡直像個混帳停屍間。」我甚至懶得去回他的話。誰叫他自己他媽的那麼蠢，都不知道這是星期六晚上，大伙兒不是外出度週末，就是睡覺或回家去了，我不想白費力氣跟他多說。

他開始脫衣服。關於琴的事他隻字未提。連吭都沒吭一聲。我也沒說什麼，只是看著他。而他呢，也就是謝謝我借他穿獵犬牙齒圖案的夾克。他把夾克掛在一個衣架上，放進了壁櫥。

後來，他在拆領帶的時候，問我替他寫了那篇混帳作文沒有。我對他說就在他自己的混帳床鋪上。他走過去一面解襯衫鈕釦，一面看作文。他站在那裡，一邊看，一邊摸著自己光著的胸脯和肚皮，臉上露出一種傻呼呼的神情。他老是在摸自己的肚皮和胸脯。他瘋狂地迷戀自己。

突然他說：「天哪，霍爾頓。這寫的是一隻混帳壘球手套呢。」

「怎麼啦？」我說。冷得像塊冰。

「你說**怎麼啦**是什麼意思？我不是跟你說過，要寫他媽的一個**房間**、一棟房子什麼的！」

「你說要寫篇敘述文。要是寫了篇談壘球手套的，他媽的有什麼不一樣？」

「真他媽的。」他氣得要命。他這次是真的生氣了。「你老是胡搞亂搞。」他看著我。「怪不得你他媽的會被踢出學校，」他說。「要你做的事，你他媽沒有**一件**是好好照規則幹的。真的。他媽的一件也沒有。」

「好吧，那就還給我好了。」我說。我走過去，把作文從他的混帳手裡奪過來，撕得粉碎。

「你他媽的寫那玩意幹什麼?」他說。

我甚至沒回話。我只是把碎紙扔進字紙簍,回到自己的床上躺下,有好長時間我們兩人誰都沒說話。他把衣服全脫了,只剩一條短褲,我呢,就歪在床上點了支菸。宿舍裡本來不准抽菸,但等到夜深人靜,大伙兒有的睡覺有的外出,沒人聞得到菸味的時候,你可以偷抽。再說,我這樣做也是故意跟史泰德賴塔搗蛋。他只要看到有誰不守校規,就會氣得發瘋。他自己從來不在宿舍裡抽菸。只有我一個人抽。

關於琴的事,他依舊一個字也沒提。因此最後我說:「要是她外出的時間只簽到九點三十,你他媽回來得滿晚的呢。你沒讓她準時回宿舍?」

他正在自己的床沿上剪他的混帳腳趾甲,聽我問他,就回答說:「遲到一兩分鐘。在星期六晚上,有誰他媽的把外出時間簽到九點三十的?」天哪,我恨他。

「你們到紐約去了沒有?」我說。

「你瘋了?她要是只簽到九點三十,我們怎麼能去他媽的紐約?」

「這倒是滿難的。」

他抬起頭來盯著我。「聽著,你要是非得在室內抽菸,幹嘛不到廁所去抽?**你**或許他媽的就要滾出這個學校,我可要一直待到畢業哩。」

我沒理他。真的沒有。我像瘋子似的卯起來抽菸。我只是側轉身來看他剪他的混帳腳趾甲。這是什麼學校！你老是得看人剪他的混帳腳趾甲，或是擠他的青春痘，或是諸如此類的玩意。

「你替我問好了沒有？」我問他。

「嗯。」

他問了才怪哩，這雜種！

「她說了些什麼？」我說。

「你有沒有問她下棋的時候是不是還把所有的國王都留在後排？」

「**沒有**，我沒問她。你他媽的以為我們整個晚上都在幹什麼——在下棋嗎？我的天。」

我甚至沒回話。天哪，我不知有多恨他。

「你們要是沒去紐約，你帶她去哪啦？」過了一會我問，說的時候禁不住聲音直抖。好樣的，我心裡真是不安得很。我只是感覺到有什麼不對勁的事發生了。

他已經剪完了他的混帳腳趾甲，所以他從床上起身，只穿著他媽的短褲，就他媽的興致勃勃地跟我鬧著玩起來。他走到我床邊，趴在我身上，開玩笑地拿拳頭打我的肩膀。「別鬧啦，你們要是沒去紐約，你到底帶她去哪啦？」

「哪兒也沒去。我們就坐在他媽的汽車裡面。」他又開玩笑地在我肩膀上輕輕打了一拳。

「別鬧啦，誰的汽車？」

「埃德・班基的。」

埃德・班基是潘西的籃球教練。史泰德賴塔老兄在籃球隊裡打中鋒，是他的得意門生之一，所以史泰德賴塔每次借車，埃德・班基總是借給他。學生本來是不准借用教職人員的車的，可是所有那些搞體育的雜種全都一鼻孔出氣。我就讀的每個學校裡，所有那些搞體育的雜種全都一鼻孔出氣。

史泰德賴塔還是在我肩膀上卯起來練拳。他本來拿著牙刷，現在把它叼在嘴裡。

「你都做了些什麼啦？在埃德・班基的混帳汽車裡跟她嘿咻啦？」我的聲音可真是抖得厲害。

「你說的什麼話。要我用肥皂把你的嘴洗乾淨嗎？」

「到底幹了沒有？」

「那可是專業機密，老弟。」

接下來的情況，我記不太清楚了。只知道自己從床上起來，好像要到盥洗室去似的，可是我突然打了他一拳，使盡我全身的力氣，這一拳本來想打在那根叼在他嘴裡的牙刷上，好讓那牙刷戳穿他的混帳喉嚨，可惜我打偏了。我沒打中，只打在他的半邊腦袋上。

我也許打得他有點疼，但並沒有疼得像我所希望的那麼厲害。我本來也許可以打得他很疼，但我是用右手打的，我的右手握不緊，因為我剛剛跟你提過的那個手傷。

總而言之，我記得的下一件事，就是我已經躺在混帳地板上了，他滿臉通紅地坐在我胸口上，也就是說他用他媽的兩個**膝蓋**壓著我的胸脯，而他差不多有一噸重。他兩手抓住我的手腕，所以我不能再揮拳打他，我真想一拳把他打死。

「他媽的你這是幹嘛？」他不停地說，他的傻臉蛋越來越紅。

「把你的臭**膝蓋**從我的**胸膛**上拿開，」我對他說。我幾乎是在大吼大叫。我的確是的。「滾，從我身上滾開，你這個下流的雜種。」

但他沒那麼做，依舊使勁抓住我的手腕，我就卯起來罵他雜種什麼的，這樣過了十個鐘頭左右。我甚至記不起我都罵他些什麼了。我說他大概自以為要跟誰嘿咻都可以。我說他甚至都不關心一個女孩在下棋時是不是把她所有的國王都留在後排，而他之所以不關心，是因為他是個沒腦袋的混帳窩囊廢。他最恨你叫他窩囊廢。所有的窩囊廢都恨別人叫他們窩囊廢。

「住嘴，立刻住嘴，霍爾頓，」他說，他那又大又傻的臉脹得通紅。「立刻給我住嘴。」

「你連她的名字是琴還是瓊都不知道，你這個混帳的窩囊廢！」

「現在，給我**住嘴**，霍爾頓。真他媽的——我**警告**你，」他說——我真把他氣壞了。

「你要是再不住嘴，我可要給你一巴掌了。」

「把你那骯髒的、發臭的窩囊膝蓋從我的胸口拿開。」

「我要是放你起來，你能不能閉上你的嘴？」

我甚至不回話。

他又說了一遍：「霍爾頓。我要是讓你起來，你能不能閉上你的嘴？」

「好吧。」

他從我身上爬起來，我也跟著站了起來。我的胸部給他的兩個臭膝蓋壓得痛死了。「你真是個婊子養的又髒又蠢的窩囊廢。」我對他說。

這**真**把他氣瘋了。他把他的一隻又粗又笨的手指伸到我臉上比劃。「霍爾頓，真他媽的，我再警告你一次。也是最後一次。你要是再不閉上你的鳥嘴，我會……」

「我幹嘛要閉嘴？」我說——我簡直大吼起來。「你們這些窩囊廢就是這個毛病。你們從來不肯討論問題。從這一點上就可以看出你是不是一個窩囊廢。他們從來不肯討論一些有頭腦的……」

我的話還沒說完，他真的給了我一巴掌，我只記得緊接著我又躺到混帳地板上了。我記不起他有沒有把我打暈過去，我想大概沒有。要把一個人打暈過去沒那麼容易，除非是在那些混帳電影裡。但我的鼻子上已全是血。我抬頭一望，看見史泰德賴塔老兄簡直就站在我身體上。他還把他那套混帳梳洗用具夾在腋下。「我叫你**住嘴**，你他媽的幹嘛不聽？」他說話的口氣好像很緊張。我一下子倒在地板上，他也許是害怕把我的腦袋瓜打碎了什麼的。真倒楣，我的腦袋瓜怎麼不碎呢。「你這是自作自受，真他媽的。」他說。好樣的，瞧他的樣子倒真有點害怕了。

我甚至懶得站起來，就那麼在地板上躺了一會兒，不停罵他是婊子養的窩囊廢。我都氣瘋了，簡直在破口大罵。

「聽著。快去洗把臉。」史泰德賴塔說。「你聽見了沒有？」

我叫他去洗他自己的窩囊臉——這話當然很幼稚，但我確實氣瘋了。我叫他到盥洗室去的半路上最好順便拐個彎，跟席密德太太嘿咻一下。席密德太太是校工的妻子，大約六十五歲了。

我坐在地板上不動，直到聽見史泰德賴塔他老兄關上門，沿著走廊向盥洗室走去，我才站起來。我到處都找不到我那頂混帳獵人帽，最後才在床底下找到。我戴上帽子，把鴨舌轉到腦袋後頭，我就喜歡這麼戴，然後過去照鏡子，瞧瞧我自己的笨臉蛋。你這輩子再也沒見過那樣的血跡。我的嘴上、腮幫上甚至睡褲睡袍上全都是血。我有點害怕，也有點陶醉。這一片血跡讓我看起來頗像條好漢。我這輩子只打過兩次架，兩次我都打輸了。我算不了好漢。我是個和平主義者，老實告訴你。

我依稀覺得阿克萊他老兄聽見我們爭吵，這時正醒著。所以我掀開淋浴室門簾走進他的房間，看看他在做什麼。我很少進他的房間。他房裡老是有一股奇怪的臭味，因為他這人的私生活實在邋遢極了。

7

有一絲微光從我們房裡透過淋浴室門簾照進來，我看得見他正躺在床上。我也他媽的完全知道他根本就醒著。「阿克萊？」我說。「你醒著？」

「醒著啊。」

房間裡太暗，我一腳踩在地板上不知誰的鞋子上，差點他媽的摔了一跤。阿克萊在床上坐起來，斜倚在一隻手臂上，臉上塗了不少白色玩意，治他的青春痘，在黑暗中看起來，有幾分像鬼。「你他媽的在幹什麼，嗯？」我問。

「你問我他媽的在幹什麼是什麼意思？我正要**睡覺**，就聽見你們這兩個傢伙吵起來了。你們他媽的到底為了什麼打起架來？」

「燈在哪兒？」我找不到燈，伸手往牆上亂摸一通。

「你找燈幹什麼？……就在你手旁邊。」

我終於找到了開關，開了燈。阿克萊老兄舉起一隻手來遮住眼睛，免得光線刺眼。

「**老天爺**！」他說。「**你**這是怎麼啦？」

他說的是我全身血跡。

「我跟史泰德賴塔之間發生一點他媽的小小爭執，」我說著，就在地板上坐下來。他們房裡一向沒有椅子。我不知道他們他媽的把那些椅子都弄到哪去了。「聽著，你願意跟我玩一下橋牌嗎？」他是個橋牌迷。

「你還在**流血**呢，天哪。你最好抹點藥。」

「過一下就會止住的。聽著。你到底跟不跟我玩橋牌？」

「**橋牌**，老天爺。我問你，現在幾點鐘啦？」

「不晚。十一點多而已，十一點三十。」

「十一點多而已！」阿克萊說，「聽著。我明天早上還要去望彌撒，老天爺。你們這兩個傢伙又打又鬧，就在他媽的半——你們他媽的到底為什麼打架？」

「說來話長，我不想讓你聽了無聊，阿克萊。我完全是為你著想。」我跟他說。我從來不跟他討論我個人的私事。首先，他甚至比史泰德賴塔還蠢。跟阿克萊相比，史泰德賴塔簡直是個他媽的天才。「喂，我今天晚上睡在伊利的床上，可以嗎？他要到明天晚上才回來，是不是？」我他媽的完全知道他明天晚上才回來。他幾乎每個週末都回家去。

「**我**不知道他會在他媽的什麼時候回來。」阿克萊說。

好樣的，這話真叫我生氣。「你不知道他什麼時候回來，你他媽的這話是什麼意思？他一向是在星期天**晚上**才回來，是不是？」

「是的，可是老天爺，我實在沒法隨便讓別人睡他的混帳**床鋪**，要是有人想睡的話。」

真夭壽。我從坐著的地方舉起手來，在他的混帳肩膀上拍了一下。「你真是個王子，小鬼，你知道嗎？」

「不，我說真的——我實在沒法讓別人睡在……」

「你是個正牌的王子。你是個紳士，也是個學者，小鬼，」我說。他倒是個紳士學者呢。「我問你，你還有香菸沒有？——你要是說聲『沒有』，我會立刻倒在地上死掉。」

「不，沒有，真的沒有。聽著，你們他媽的到底為什麼事打架？」

我沒回答他。我只是起身走到窗前往外眺望。突然間，我覺得寂寞極了。我簡直希望自己已經死了。

「你們他媽的到底為什麼事打架，嗯？」阿克萊說，大概是第五十次了。這方面，他確實叫人煩透了。

「為了你。」我說。

「為了**我**？天啊！」

「沒錯。我是在保護你的混帳榮譽。史泰德賴塔說你人很下流。我聽了這話能放過他嗎？」

這話使他興奮起來。「他真的這麼說？你不是開玩笑的？他真的這麼說？」

我對他說我不過是開開玩笑，接著就走過去往伊利的床上躺下。好樣的，我真是苦悶死了。我覺得寂寞得要命。

「這房間臭死了，」我說。「我在這裡都聞得到你襪子的味道。你的襪子是不是從來不洗？」

「你要是不喜歡這氣味，你知道你可以怎麼辦，」阿克萊說。說得多妙。「把混帳的燈關掉好不好？」

我沒馬上關燈。我只顧在伊利的床上躺著，想著琴的事。我一想到她和史泰德賴塔兩個同坐在埃德．班基那輛大屁股汽車裡鬼混，不由得心裡直冒火，氣得真要發瘋。我只要一想起這事，就想從窗口跳出去。問題是，你不知道史泰德賴塔的為人。我可知道。潘西有許多傢伙只不過老在嘴裡**說**著怎樣跟女孩子發生曖昧關係——像阿克萊那樣，舉例來說——但史泰德賴塔他老兄卻是真的幹。我自己就至少認識兩個跟他嘿咻過的妹。這是實話。

「把你一生中有趣的事情講給我聽聽吧，小鬼。」我說。

「把混帳的燈關掉好不好？我明天還要早起去望彌撒哩。」

我起來把燈關了，免得他不高興。接著我又躺到伊利的床上。

「你打算幹嘛——睡在伊利的床上嗎？」阿克萊說。

他真是個頂呱呱的好主人，好樣的。

「我也許睡，也許不睡，別為這件事擔心。」

「我並不為這件事**擔心**。只是我最痛恨這種事，萬一伊利突然回來，看見有人……」

「請放心。我不會睡在這裡的。我不會辜負你他媽的這番殷勤招待。」

一兩分鐘以後，他就像個瘋子似的打起鼾來。我仍舊躺在黑暗中，努力不讓自己去想琴和史泰德賴塔一同在埃德·班基那輛混帳汽車裡的事，但那簡直是不可能的任務。糟糕的是，我熟悉史泰德賴塔這傢伙的花招。這就叫我心裡越發受不了。有一次我們倆一塊兒跟女孩子約會，在埃德·班基的汽車裡，史泰德賴塔跟他的妹在後座，我跟我的妹在前座。瞧這傢伙的花招。他開始用一種極其溫柔、極其**誠懇**的聲音跟他的妹甜言蜜語——好像他不僅是個非常俊俏的小伙子，也是個人很好、很**誠懇**的小伙子。我聽著他說話，差點沒吐出來。他的妹不停地說：「別——**拜託**。別這樣。**拜託**。」可是史泰德賴塔他老兄始終用他那種亞伯拉罕·林肯般的誠懇聲音跟她甜言蜜語，到最後，後座只剩一片可怕的寂靜。真讓人害臊。我想那天晚上他還不至於跟那個妹嘿咻——不過也他媽的相差不遠了。**真他媽的**相差不遠了。

我正躺在床上努力不讓自己胡思亂想，忽然聽到史泰德賴塔他老兄從盥洗室回到了我們的房間。你可以聽到他正在收起他那套骯髒的梳洗用具，然後他打開了窗戶。他是個新鮮空氣迷。後來過了一會兒，他關了燈。他甚至不看看我在什麼地方。

連外面街上都是一片死寂。你甚至聽不到汽車聲。我覺得那麼寂寞、那麼苦悶，甚至不由得想叫醒阿克萊。

「喂，阿克萊。」我說，聲音壓得很低，不讓史泰德賴塔透過淋浴室門簾聽見。

但阿克萊沒聽見我叫他。「喂，阿克萊！」

他依舊沒聽見。他睡得像塊石頭。

「喂，**阿克萊**！」

他終於聽見了。

「你他媽的怎麼啦？我都睡著啦，天啊！」

「聽著。進修道院有什麼條件？」我問他。我忽然興起進修道院的念頭。「是不是非得是天主教徒不可？」

「**當然**得是個天主教徒。你這雜種，你叫醒我難道就是為了問我這種混帳問……」

「啊，睡你的覺吧，我反正不會進修道院的。像我這麼背的人，進去以後，大概遇到的院士全都跟我合不來。全都是沒腦袋的雜種，或者就是雜種。」

我一說這話，阿克萊他老兄就他媽的一下子在床上坐了起來。「聽著，我不在乎你說**我**

或其他的什麼，可你要是拿我他媽的**宗教**取笑，我的天……」

「請放心，誰也不會拿你他媽的宗教取笑。」我從伊利的床上起來，往門邊走去，我不想再在那種混帳氣氛裡逗留了。可是我在半路上停住腳步，抓起阿克萊的手，裝腔作勢地跟他大握特握。他抽回手去。「這是什麼意思？」他說。

「沒什麼意思。你是那麼個混帳王子，我只是想向你表示謝意，就是這麼回事，」我說。說的時候聲音還極其誠懇。「你是個了不起的人物，小鬼，你知道嗎？」

「好傢伙，總有一天會有人揍得你……」

我甚至懶得聽他說完。我關上了那混帳的門，走進通道裡去。

宿舍裡的人不是已經睡著，就是外出或者回家度週末了，所以通道裡十分、十分安靜，十分、十分令人洩氣。李希和霍夫曼的門外放著一條固齡玉牙膏空盒，我一邊往樓梯走，一邊用那隻穿著羊皮拖鞋的腳不停地踢那空盒。我本來想到樓下去看看馬爾他老兄在幹什麼，可是一時間我改變了主意。一時間，我打定了主意怎麼辦，我要他媽的馬上離開潘西——就在當天晚上。我是說不再等到星期三什麼的。我實在不想在這兒待下去了。我覺得太寂寞太苦悶，因此我打定主意，決定到紐約的旅館裡開一個房間——找一家最便宜的旅館——一直逍遙到星期三。到了星期三，我休息夠了，心情好轉，就動身回家。我盤算我爸媽大概總要在星期二、三才會接到舒莫他老兄的信，通知我被退學的事。我不願早回家，我要等他們得到通知、對這事完全消化以後才回去。我不願在他們**剛**接到通知時就在他們身邊。我母親非常歇斯底里，可是不管什麼事，只要她完全消化之後，倒也不難對付。再說，我也需要有個小小的假期。我的神經過於緊張了。確實過於緊張。

總而言之，這就是我打定主意要做的。於是我回到房裡，開燈，開始收拾東西。有不少東西我已經收拾好了。史泰德賴塔他老兄甚至都沒醒來。我點了支菸，穿好衣服，動手整理我的兩隻手提皮箱。我只花了兩分鐘。我收拾起東西來速度快得驚人。

收拾行李時，有件事有點叫我難過。我得把我媽剛在幾天前寄給我的那雙嶄新的溜冰鞋收起來。這使我心裡難過。我想像得出我媽怎樣到斯保爾丁商店裡，向售貨員問了百萬個傻里傻氣的問題——可是我這下子被退學了。我覺得很傷心。她買錯鞋了——我要的是競速鞋，她買了冰刀鞋——總而言之，這讓我覺得傷心。幾乎每次都是這樣，每逢有人送我什麼禮物，到頭來都會讓我覺得傷心。我收拾妥當以後，又數了數錢。我已記不起到底有多少錢，反正數目不小。我祖母在大約一個星期前剛給我匯來一筆錢。我的這個祖母花起錢來很凱。她已經老糊塗了——老得不能再老——一年內總要寄給我四次錢，作為生日禮物。可是，儘管我現有的錢數目已經不小，我還怕不夠，生怕有什麼不時之需。所以我走下樓去，喊醒了弗雷德里克·伍德魯夫，就是跟我借打字機的傢伙。我問他肯出多少錢把我的打字機買下來。這傢伙相當有錢，他說他不知道，還說他不怎麼想買。但他最後還是買下來了。這架打字機約值九十塊錢左右，可是他只給我二十塊就買下了。他很不高興，因為我叫醒了他。

我拿了手提箱什麼的準備動身，還在樓梯口站了一下子，沿著那條混帳通道望了最後一眼。不知怎的，我幾乎哭了出來。我戴上我那頂紅色獵人帽，照我喜歡的樣子將鴨舌轉到腦袋後頭，然後用盡全力大喊道：「**好好睡吧，你們這些窩囊廢！**」我敢打賭我把這一層樓的所有雜種全都喊醒了。然後我就離開了那地方，不知哪個混蛋在樓梯上扔了一地花生殼，他媽的差點摔斷了我的混帳脖子。

8

時間太晚，已經叫不到計程車了，所以我就一路步行到車站。路並不遠，可是天冷得要命，一路上的積雪很不好走，那兩隻手提箱還他媽的不停撞到我的大腿。不過我倒很享受外面的新鮮空氣。唯一不好受的是，冷風吹得我鼻子發疼，還有我上嘴唇內側也疼，那是史泰德賴塔打我一拳的地方。他打得我的嘴唇撞在牙齒上，所以那地方疼得厲害。我的耳朵倒是頗暖和。我買的那頂帽子上面有耳罩，我把它放下了——我他媽的才不在乎好看不好看哩。可是路上沒一個人。誰都上床啦。到了車站，我發現自己的運氣還不錯，因為只需要等個十分鐘左右就有火車。等車的時候，我就捧起一把雪洗洗臉。我臉上還有不少血呢。

通常我很喜歡坐火車，尤其是在夜裡，車裡點著燈，窗外一片漆黑，過道上不時有人賣咖啡、夾心麵包和雜誌。我一般總是買一份火腿麵包和四本雜誌。我要是在晚上坐火車，通常還能看完雜誌裡某個無聊的故事而不至於作嘔。你知道那故事。有一大堆叫大衛的瘦下巴的假惺惺人物，還有一大堆叫琳達或瑪莎的假惺惺姑娘，老是給大衛們點混帳菸斗。我晚上坐火車，通常都能把這類混帳故事看完一個。但這一次情況不同了。我沒那心情。我只是坐在那裡，什麼也不幹。我只是脫下我那頂獵人帽，放進我的口袋裡。

突然間，有位太太從特蘭敦上來，坐在我身旁。幾乎整個車廂都空著，因為時間已經很晚，但她不去獨自坐個空位置，卻一屁股坐到我身旁，原因是她帶著一隻大旅行袋，我又正好占著前面座位。她把那個旅行袋往走道中央一放，也不管車掌或者什麼人走過都可能絆一跤。她身上戴著蘭花，好像剛赴了什麼重大宴會出來，年紀約在四十到四十五左右，我猜，但她長得十分漂亮。女人能要我的命。她們的確能。我並不是說我這人有色情狂之類的毛病——雖然我是十分好色。我只是喜歡女人，我是說。她們老是把她們的混帳旅行袋放在走道中央。

總而言之，我們這麼坐著，忽然她對我說：「對不起，這不是一張潘西中學的貼紙嗎？」她正抬頭望著上面行李架上我的兩隻手提箱。

「是的，沒錯。」我說。

她說得沒錯。我有一隻手提箱上面的確貼著潘西的貼紙。看起來很做作，我承認。

「哦，你在潘西念書嗎？」她說。

她的聲音十分好聽，很像電話裡的好聽聲音。她身上說不定帶著一個混帳電話機呢。

「唔，沒錯。」我說。

「哦，多好！你也許認得我兒子吧。歐納斯特．摩羅？他也在潘西念書。」

「唔，我認識他。他跟我同班。」

他兒子無疑是潘西有它那段混帳歷史以來所招收到最最混帳的學生。他洗完澡以後，老是在通道上拿他的濕毛巾抽別人的屁股。他完全是那種人。

「哦，多好啊！」那太太說。一點也不做作，而是和藹可親。「我一定要告訴歐納斯特我遇見了你。可以告訴我你的名字嗎，親愛的？」

「魯道爾夫．席密德，」我告訴她。我並不想把我的一生經歷都講給她聽。魯道爾夫．席密德是我們舍監的名字。

「你喜歡潘西嗎？」她問我。

「潘西？不算太壞。不是什麼天堂，但也不比大多數的學校差。有些教職人員倒是很正直。」

「歐納斯特簡直崇拜它。」

「我知道他崇拜，」我說。接著我又信口開河了。「他很能適應環境。他真的能。我是說他真知道怎樣適應環境。」

「你這樣想嗎？」她問我。聽她的口氣好像感興趣極了。

「歐納斯特？當然啦。」我說。接著我看著她脱手套。好樣的，她戴著一手的寶石哩。

「我下計程車時，不小心弄斷了一根指甲，」她說。她抬頭看了我一眼，微微一笑。她笑得漂亮極了。的確非常漂亮。有許多人簡直不會笑，或者笑得很不雅觀。「歐納斯特的父親和我有時很為他擔心，我們有時候覺得他不是個很好的交際家。」

「妳這話什麼意思？」

「呃。這孩子十分敏感。他真的不會跟別的孩子相處。也許他看問題太嚴肅，不適於他的年齡。」

敏感。笑死我了。那傢伙敏感得就跟一個混帳馬桶差不多。

我仔細打量她一下。她看起來不像是個傻瓜。看她樣子，似乎應該知道她自己兒子是什麼樣的雜種。可是也很難說——我是說拿那些當母親的來說。那些當母親的全都有點神經病。不過，我倒是滿喜歡摩羅老兄的母親。她看起來還不錯。「妳要抽根菸嗎？」我問她。

她四下張望。「我不認為這裡是吸菸車廂，魯道爾夫。」她說。魯道爾夫。笑死我了。

「沒關係。我們可以抽到他們開始對我們叫罵起來。」我說。她就從我手裡拿了支菸，我給她點了火。

她抽菸的樣子很美。她把煙吸進去，但並不像她那年紀的大多數女人那樣嚥下去。她有不少迷人之處。她還有不少性感的地方，你要是真想知道的話。

她用一種異樣的眼光看著我。「也許我眼花了，但我相信你的鼻子在流血呢，親愛的。」她突然說。

我點了點頭，掏出了我的手帕。「我被一顆雪球打到了，一個硬得像冰一樣的雪球。」要不是說來話長，我也許會把真實情況全告訴她。不過我確實很喜歡她。我開始有點後悔告訴她我的名字叫魯道爾夫．席密德。「歐尼老兄，他是潘西最有人緣的學生之一。妳知道嗎？」

「不，我不知道。」

我點了點頭。「不管是誰，的確要過很久才了解。他是個怪人。許多方面都很怪——懂得我的意思嗎？就像我剛遇到他那樣。我剛遇到他的時候，還當他是個勢利小人哩。我當時是這樣想的。他其實不是。只是他的個性很特別，你得跟他相處久了才能了解他。」

摩羅太太什麼話也沒說，可是，好樣的，你真該瞧瞧，她聽我說話聽得整個黏在椅子上不想起來。不管是誰家母親，她們想要知道的，總是自己的兒子是個多麼了不起的人物。

接著，我**真正**鬼扯起來。「他把選舉的事告訴妳了沒有？」我問她。「班會選舉？」

她搖了搖頭。我已經迷得她神魂顛倒了，好像是。她真有點神魂顛倒了。

「呃，我們一大堆人全推選歐尼他老兄當班長。我是說他是大家一致推舉出來的。我是說只有他一個人才真的能勝任這個工作。」我說——好樣的，我真是越扯越遠啦。「可是另外那個學生——哈利．馮索——當選了。他當選的原因是，那顯而易見的原因是，歐尼怎麼也不肯讓我們給他提名。他真是靦腆謙虛得要命。他**拒絕**了……好樣的，他**真是**靦腆。妳應該幫助他克服這種個性。」我看著她。「他有沒有跟妳講這件事？」

「不，他沒有。」

我點了點頭。「這就是歐尼的為人。他不肯告訴人。他就是有這麼個缺點——他太靦腆、也太謙虛了。妳真應該三不五時設法讓他放鬆一下才是。」

就在這時，車掌過來查看摩羅太太的票，我趁機不再往下扯了。不過我很高興自己鬼扯了一通。像摩羅這樣老是用毛巾抽人屁股的傢伙——他這樣做，是真要打疼別人——他們不僅在孩提時候下流。他們一輩子都會下流。可是我敢打賭，經我那麼信口一扯，摩羅太太就會老以為他是個十分靦腆、十分謙虛的孩子，連我們提名選他做班長他都不肯。她大概會這樣想的。那很難說。那些當母親的對這種事感覺都是不太靈敏的。

「你想喝杯調酒嗎？」我問她。我自己心血來潮，很想喝一杯。「我們可以上餐車去。好不好？」

「親愛的，你可以要酒喝嗎？」她問我，不過並不令人反感。她的一切都太迷人了，簡直很難用上反感二字。

「呃，不，嚴格說來不可以，但因為我長得高，一般總是可以要到，再說我還有不少白頭髮呢。」我把頭側向一邊，露出我的白頭髮給她看。她看了真樂得不可開交。「去吧，跟我一起去，好嗎？」我說。我真希望有她陪我去。

「我真的不想喝，但還是非常感謝你，親愛的。再說，餐車這時候大概已停止營業。時間已經很晚了，你知道。」她說得沒錯。我完全忘記現在是什麼時候啦。

接著她看著我，問了我一個我一直怕她問的問題。「歐納斯特信裡說他將在星期三回家，耶誕假期從星期三開始，我希望你不是家裡有人生病，把你突然叫回去的吧。」她看起來真的很擔心。她不像是好管閒事，你看得出來。

「不，家裡人都很好，是我自己。我得去動一下手術。」

「哦！我真替你難過。」她說。她確實如此。我也馬上後悔不該這樣說，不過為時已晚。

「情況不算嚴重。我腦子裡長了個小小的瘤。」

「哦，不會吧！」她舉起一隻手來捂住了嘴。

「哦，沒什麼危險！長得很外面，而且非常小。要不了兩分鐘就能取出來。」

然後我從口袋裡掏出火車時刻表來看。只是為了不讓自己再繼續撒謊而已。我一開口，只要情緒對了，就能一連胡扯幾個小時。我不是開玩笑的。幾個小時。

此後我們就不再怎麼談話。她開始閱讀自己帶來的那本《時尚》雜誌，我往窗外眺望一會兒。她在紐華克下了車，祝我手術進行得順利。她不停地叫我魯道爾夫。接著她請我明年夏天到麻州的格洛斯特去看望歐尼。她說他們的別墅就在海濱，他們自己還有個網球場什麼的，可是我謝絕了，說我要跟祖母一塊兒到南美去。這實在是彌天大謊，因為我祖母簡直足不出戶，除非出去看一場混帳電影什麼的。可是即使把全世界的錢都給我，我也不願去看望那個婊子養的摩羅——哪怕是在我窮途潦倒的時候。

9

我在潘恩車站下車，第一件事就是進電話亭打電話。我很想找個人說說話。我把手提箱放在電話亭門口，以便就近看著，可是我進到電話亭裡，一時又想不起跟誰通話才好。我哥哥D.B.在好萊塢。我的小妹妹菲比九點左右就上床了——所以我不能打給她。我要是把她叫醒，她倒是不會在乎，問題在於接電話的不會是她，而會是我的父母。所以這電話絕不能打。接著我想到給琴．迦拉格的母親撥個電話，打聽一下琴的假期什麼時候開始，但我又不怎麼想打。再說時間也太晚了。我於是想到打電話給那位過去常常跟我在一起的女孩薩麗．海斯，因為我知道她已經放聖誕假了——她寫了封又冗長又虛假的信給我，請我在聖誕前夕到她家去幫她修剪聖誕樹——可是我又怕她媽來接電話。她媽認識我媽，我可以想像她一接到電話，也不怕摔斷他媽的腿，馬上迫不及待打電話去通知我媽，說我已經在紐約了。再說，我也不怎麼想跟海斯她老太太通話。她有一次告訴薩麗說我太野。她說我太野，人生沒有目標。我於是又想起打電話給那個我在胡敦中學時的同學卡爾．路斯，可是我不怎麼喜歡他。所以我在電話亭裡待了二十分鐘左右，卻沒打電話就走了出來，拿起我的手提箱，走向停計程車的隧道，叫了輛車。

我當時真他媽的心不在焉，竟然出於習慣把我家地址告訴了司機——我是說我根本忘了我要到旅館裡去住兩三天，到假期開始後才回家。直到計程車在公園裡走了一半，我才想起這件事來，於是我就說：「喂，你一有機會，馬上掉頭回去好嗎？我把地址說錯啦。我想回市中心去。」

司機是個機靈鬼。「這裡沒辦法掉頭，老弟。這是條單行道。我得一直開到第九十街。」

我不想跟他爭論。「好吧。」我說。接著突然問我想起了一件事。「喂，聽著，你知道中央公園南面淺水湖附近的那些鴨子嗎？那個小湖？我問你，在湖水整個結冰以後，你知道這些鴨子都去哪了嗎？你知道不知道，我問你？」我知道這多半是白問，一百萬個人裡大概只會有一個人知道。

他回過頭來看著我，好像我是瘋子似的。

「你這是要幹嘛，老弟？開我玩笑嗎？」

「不——我只是很感興趣，問問罷了。」

他沒再說話，我也一樣。直到汽車出了公園，開到第九十街，他才說：「好吧，老弟。要去哪？」

「呃，問題是，我不想住東區的旅館，怕遇見熟人。我是隱姓埋名在旅行的。」我說。

我最討厭說「隱姓埋名」這種俗氣的話，可是每遇到一些俗氣的人，我自己也就裝得很俗氣。「你知不知道在塔夫特或者紐約人夜總會裡，是哪個樂隊在演奏，請問？」

「不知道，老弟。」

「呃——那麼，送我到愛德蒙吧。」我說。

「你在半路上停一下，我請你喝杯調酒好不好？我請客。我身上有的是錢。」

「不好，老弟，對不起。」他肯定會是個好酒伴。個性那麼屌。

我們到了愛德蒙旅館，我就去開了個房間。在車上我又戴起我那頂紅色獵人帽，完全是聊以解悶，可是我進旅館之前又把它脫下了。我不願把自己打扮成一個怪胎。說起來也真諷刺，我當時並不知道那個混帳旅館裡住的全是變態和白癡。到處是怪胎。

他們給了我一個十分簡陋的房間，從窗戶望出去什麼也看不見，只看見旅館的另外一邊。我可不怎麼在乎。我心裡沮喪得要命，顧不得窗外的景色好不好。帶我進房間的侍者是個六十五歲左右的老頭子，他這人甚至比房間更叫人洩氣。他正是那種禿子，愛把所有的頭髮全梳向一邊，來遮掩自己的禿頭。要是我，就寧可露出禿頭，也不做這種事。不管怎樣，讓一個六十五歲左右的老頭子來幹這種活兒，也未免太難了。給人提行李，等著拿小費。我猜他大概沒什麼知識，但不管怎樣，那也太可怕了。

他走後，我也沒脫大衣什麼的，就站在窗邊往外眺望一會兒。我沒別的事可做。可是旅館那一邊房間裡在幹些什麼，你聽了肯定大吃一驚。他們甚至都不把窗簾拉上。我看見有個頭髮花白的傢伙，看樣子還很有身分，只穿著短褲，在幹一件我說出來你絕不相信的事。他先把自己的手提箱放在床上，然後他拿出道道地地的女人服裝穿戴起來。道道地地的女人服裝——絲襪、高跟鞋、奶罩、有著兩條綁帶的束腹等等。然後他穿上了一件非常貼身的黑色晚禮服。我可以對天發誓。然後他在房間裡走來走去，像女人那樣踩著小碎步，一邊還抽菸照鏡子。而且只有他一個人在房裡，除非有人在浴室裡——這我看不見。後來，就在他上面的那個窗戶，我又看見一對男女在用嘴彼此噴水。也許不是水，而是威士忌加汽水做成的調酒，我看不出他們杯子裡盛的是什麼。總而言之，他先喝一口，噴了**她**一身，接著她也照樣噴**他**——他們就這樣**輪流**著噴來噴去，我的老天。你真應該見識一下。這整段時間裡，他們歇斯底里得不像樣，好像這是世界上最好玩的事。我不是開玩笑的，這家旅館的確是住滿心理變態的人。我也許是這地方唯一的正常人了——而我這麼說一點也不誇大。我真想他媽的發個電報給史泰德賴塔老兄，叫他搭最快的一班火車直奔紐約。他肯定可以在這旅館裡稱王！

糟糕的是，這類下流玩意看著看著還相當迷人，儘管你心裡頗不以為然。舉例來說，這個被噴得滿臉是水的馬子，長得十分漂亮。我是說這是我最糟糕的地方。在我的**內心深處**，我這人也許是天字第一號的色情狂。有時候，我能想出一些**十分**下流的勾當，只要有機會，我也不會不幹。我甚至想像得出，要是男女雙方都喝醉了酒，你要是能找到那麼個馬子，可以彼此往臉上噴水什麼的，那該有多好玩——儘管有些下流。不過問題是，我不**喜歡**這種做法。你要是仔細一分析，就會發現這個主意爛透了。我想，你若非真心喜歡一個女人，那就乾脆別跟她在一起廝混；你若是真心喜歡她，就該喜歡她的臉，你若是喜歡她的臉，就應該小心愛護它，不應該對它幹那種下流事，例如往它上面噴水。真正糟糕的是，許多下流的事情有時候幹起來卻十分有趣。而女人們也好不了多少；如果你不想幹**太**下流的事，如果你不想毀壞真正美好的東西，她們反倒不樂意。一兩年前，我就遇到過一個馬子，甚至比我還要下流。好樣的，她真是下流極了！我們用一種下流的方式狂歡了一陣，雖然時間不長。性愛這種東西，我實在不太了解。你簡直不知道他媽的你自己身在**何處**。我總是給自己定下有關性愛方面的規則，可是馬上就破壞。去年我定下規則，絕不跟那些我內心深處覺得厭惡的馬子一起廝混。這個規則，出不了一個星期，就被我破壞了——事實上，在立下規則的當天**晚上**就破壞了。我跟一個叫安妮．路易絲．雪曼的浪蕩貨摟摟抱抱地整整胡鬧了一晚。性愛這種東西，我的確不太了解。我可以對天發誓我不太瞭解。

我站在窗口不動，心裡卻產生一個念頭，考慮著要不要給琴撥個電話——我是說撥個長途電話到巴美中學，就是到她念書的那個學校，而不是打電話給她媽，打聽她在什麼時候回家。照理說是不應該在三更半夜打電話給學生的，可是我什麼都想好了。我打算跟不管哪個接電話的人說我是她舅舅。我打算說她舅媽剛才撞車死了，我現在馬上要找她說話。這樣做，本來是可能成功的。我沒這麼做唯一的原因是我當時情緒不對。你要是沒那種情緒，是做不好這種事的。

過了一會兒，我在一把椅子上坐下，抽了一兩支菸。我的性欲來了，我不得不承認。後來，突然間，我有了一個主意。我拿出我的皮夾，開始尋找一個地址，那地址是我今年夏天在舞會上遇到的一個在布林斯敦念書的傢伙給我的。最後我找到了那地址，紙已經褪了色，可是還辨認得出字跡。地址上的那個馬子不完全是個妓女，可是也不反對偶爾客串一次，那個布林斯敦傢伙是這樣告訴我的。他有一次帶她去參加布林斯敦的舞會，差點就為這件事被退學。她好像是個脫衣舞孃什麼的。總而言之，我走到電話旁邊，給她撥了個電話。她的名字叫費絲・卡凡迪西，住在百老匯六十五大道斯丹福旅館。一個垃圾堆，毫無疑問。

一時間，我還以為她不在家裡。半晌沒人接電話。最後有人拿起了話筒。

「喂？」我說。我把自己的聲音壓得很低，不讓她懷疑我的年齡或者別的什麼。不過，我的聲音本來就很低沉。「喂？」那女人的聲音說，並不太客氣。

「是費絲・卡凡迪西小姐嗎？」

「**你**是誰？是誰在他媽的這個混帳時間打電話給我？」

我聽了倒是稍稍有點害怕。「呃，我知道時間已經很晚了，」我說，用的是成年人那種極成熟的聲音。「希望妳能見諒，我實在太急於跟妳聯繫了。」我說話的口氣溫柔得要命。的確是的。

「你**是**誰？」她說。

「呃，妳不認識我，但我是愛迪．波德塞爾的朋友。他跟我說，我要是進城，可以請妳一起喝一杯。」

「**誰**？你是**誰**的朋友？」好樣的，她在電話裡真像隻母老虎，簡直是在跟我大吼大叫。

「愛德蒙．波德塞爾。愛迪．波德塞爾。」我說。我已記不起他的名字是愛德蒙還是愛德華。我跟他只有一面之緣，就是在他媽的那個混帳舞會上。

「我不認識任何一個叫這名字的人。你要是認為我高興讓人在三更半夜——」

「愛迪．波德塞爾？布林斯敦的？」我說。

你感覺得出她正在搜索記憶，想這個名字。

「波德塞爾，波德塞爾……布林斯敦的……是不是布林斯敦學院？」

「對啦。」我說。

「你是從布林斯敦學院來的？」

「呃，差不多。」

「哦……愛迪好嗎？不過在這時候打電話找人，真叫人意想不到。老天爺。」

「他很好。他叫我向妳問好。」

「呃，謝謝你。請你代我向他問好。他這人很讚。他現在在幹什麼？」剎那間，她變得客氣得要命。

「哦，你知道的，還是老樣子，」我說。他媽的我哪知道他是在幹什麼？我都不怎麼認識他。我甚至不知道他是不是依舊在布林斯敦。「聽著，妳能不能給個面子，在哪裡跟我碰頭，喝一杯酒？」

「我問你，你知道現在是什麼時間了嗎？你到底叫什麼名字，請問？」突然間，她換了英國口音。「聽你的聲音，好像很年輕。」

我噗哧一笑。「謝謝妳的恭維，」我說——溫文儒雅得要命。「我的名字是霍爾頓·考爾菲德。」我本來應該捏造一個假名的，可是我一時沒想到。

「呃，聽著，考先生，我沒這個習慣在三更半夜跟人約會。我是有工作的。」

「明天是星期天。」我對她說。

「呃，**不管怎樣**，我得睡美容覺，你也知道這個道理。」

「我本來想我倆也許可以一起喝杯調酒。時間還不算太晚。」

「呃。你真客氣。你是在哪裡打的電話？你現在人在哪裡，嗯？」

「我？我是在公用電話亭裡。」

「哦，」她說。接著沉默了半天。「呃，我非常願意在什麼時候跟你碰個面，考先生。你的聲音聽起來十分迷人，好像是個很有魅力的人。不過時間實在太晚啦。」

「我可以去妳住的地方。」

「呃，在平時，我會說這再好不過了。我是說我很樂意你來我這裡喝杯酒，可是不巧得很，我的室友恰好病了。她整整一晚都不曾闔眼，好不容易才剛睡著哩。」

「哦。真是太糟糕啦。」

「你住哪？明天我們也許可以一起喝杯酒。」

「明天不行，我只有今天晚上有空。」我真是個大傻瓜。我不應該這樣說的。

「哦。呃，真是對不起得很。」

「我可以代妳向愛迪問好。」

「你肯嗎？我希望你在紐約玩得愉快。這是個再好不過的地方。」

「這我知道。謝謝，再見吧。」我說，接著就把電話掛了。

好樣的，我**真的**把事情搞砸啦。我本來應該至少約她出來喝喝酒什麼的。

10

時間還很早。我記不清楚已經幾點鐘了，不過還不算太晚。我最討厭做的一件事，就是在還不覺得睏的時候上床睡覺。因此我打開手提箱，取出一件乾淨襯衫，然後走進浴室，擦洗一下，換了襯衫。我想做的，是下樓去看看紫丁香廳裡到底他媽的在幹什麼。他們這個旅館裡有個夜總會，叫作紫丁香廳。

我在換襯衫的時候，差點就撥了個電話給我小妹妹菲比。我真的是很想跟她在電話上談談。跟一個講道理的人。可是我不能冒險打電話給她，因為她才只是個小孩子，這時候肯定不會還醒著，更別說接電話了。我曾想到萬一是我爸媽來接電話，不如馬上就把電話掛了，但這也不是辦法。他們會知道是我。我母親總知道是我。她未卜先知。但我倒是真想找菲比老妹聊聊天。

你真應該見見她。你這輩子不可能見過那麼漂亮、那麼聰明的小孩子。她真是聰明。我是說從上學到現在，每一科都得優等。說實在的，我是家中唯一的笨蛋。我哥哥 D. B. 是個作家什麼的，我弟弟艾利，就是我前面跟你提到已經死去的那個，簡直是個鬼靈精。唯有我是個真正的笨蛋，但你真應該見見菲比老妹。她也是那種紅頭髮，跟艾利的有點相像，在夏天剪得很短。夏天，她總把頭髮塞在耳朵後面。她的耳朵也小小的，很漂亮。冬天，她的頭髮留得長長的，有時我母親幫她梳成辮子，有時不梳。不過那頭髮的確漂亮得很。她才十歲而已。她很瘦，像我一樣，可是瘦得很漂亮。室內溜冰的那種瘦。有一次我從窗戶望著她穿過第五大道向公園走去，她的確是那副模樣，室內溜冰的那種瘦。你看到她肯定會喜歡。我是說你不管跟菲比老妹講些什麼話，她總知道你他媽講的什麼。我是說你簡直哪裡都可以帶她去。比方說，你要是帶她去看一部很遜的電影，她就會知道這電影很遜。你要是帶她去看一部好電影，她也會知道這電影好。D.B.跟我曾帶她去看法國電影《麵包師的妻子》，由萊繆主演。她愛死這部電影了。但她最愛看的是《三十九級臺階》，羅伯特．唐納主演。她把那電影都背熟了，因為我帶她去看了大概十次。當唐納他老兄到了蘇格蘭農場的時候，比方說，當他逃避員警的時候，菲比就會在電影院大聲說——就在影片裡那個蘇格蘭人開口說話的時候——「你吃不吃青魚？」她背得出所有的對話。影片裡的那位教授，其實是個德國間諜，還沒伸出那個小指頭給羅伯特．唐納看，指頭的中間關節還缺了一塊，菲比老妹已比他先伸手了——她在黑暗中把**她的**小指頭伸了過來，一直伸到我的面前。她真是不錯。你看到她肯定喜歡。唯一的缺點是，她有時候有點過於多愁善感。就她那個年紀的孩子來說，她很情緒化。她的確是。她幹的另一件事是一天到晚寫書。只是這些書沒有一本是寫完的。寫的全都是關於一個叫作海澤爾．威塞菲爾的孩子——只是菲比老妹把名字寫成了「海嘖爾」。海嘖爾·威塞菲爾大姊是個女偵探。照理說她是個孤兒，可是她的老子卻經常出現。她的老子總是個「高個子的英俊紳士，年紀在二十上下」。簡直笑死了我。這個菲比老妹。我可以對天發誓，你看到她肯定喜歡。她還很小很小的時候，就很聰明。她還是個很小的孩子的時候，我跟艾利常常帶她去公園，尤其在星期天。在星期天，艾利總愛帶著他的那隻帆船去公園玩，我們總是帶著菲比老妹一塊兒去。她戴著白手套，走在我們中間，就像個貴夫人似的。遇到艾利跟我談論起什麼事情來，菲比老妹總是在一旁聽著。有時候你會忘掉有她在身邊，因為她還是個那麼小的孩子，但她總會提醒你。她會不停打斷你。她會推我或者艾利一下，說道：「誰？誰說的？是鮑比還是那位小姐？」我們就告訴她是誰說的，她就會「哦」一聲，繼續聽下去。艾利也是愛死她了。我是說他也很喜歡她。她現在十歲了，不再是那麼個小孩子了，可是她依舊討每個人喜愛——這個嘛，每個有頭腦的人。

總而言之，像她這樣的人，你沒事總想跟她在電話上聊聊。但我很怕我爸媽來接電話，那樣他們就會發現我在紐約，已被潘西退學等等一切的一切。所以我只是穿上襯衫，收拾好一切，然後搭電梯下去到大廳裡看看。

除了少數幾個皮條客模樣的男子、幾個婊子模樣的女人，大廳裡簡直沒什麼人，可是你聽得見樂隊在紫丁香廳演奏，所以我就走了進去。裡面並不十分擁擠，但他們還是給了我一個很不好的桌位——在最後面。其實我早應該拿出一塊錢來舉到侍者領班的鼻子底下的。在紐約，好樣的，有錢能使鬼推磨——這可不是開玩笑的。

樂隊是糟得要命的布迪．辛格樂隊。盡是在耍花腔，可不是技巧高超的花腔，而是俗不可耐的花腔。此外，廳裡沒什麼像我這種年紀的人。事實上，沒一個像我這種年紀的人。他們大多數都是上了年紀的、裝腔作勢的傢伙，約了他們的馬子在一起。除了我隔壁桌的幾個。在我隔壁桌坐著三個年約三十的女人，三個都難看得要命，三個都戴著一種帽子，你一看就知道她們不是真正住在紐約的，可是其中有一個金頭髮的，看起來還可以。有那麼點可愛，那個金頭髮的，所以我就開始跟她眉來眼去，可是就在這時，那個侍者過來了，問我要喝什麼。我點了蘇格蘭威士忌和蘇打水，叫他不要調在一起——我說得快得要命，因為你只要稍一結巴，他們就會懷疑你不到二十一歲，不肯賣給你含酒精的飲料。可是儘管如此，他還是找了我麻煩。「對不起，先生，你有什麼證明你年齡的證件嗎？你的駕駛執照，比方說？」

我冷冷地看了他一眼，好像他嚴重地侮辱了我似的，然後我問他：「我的樣子像不到二十一歲嗎？」

「對不起，先生，可是我們有我們的……」

「算了，算了，」我說。我早就想到了。「給我來杯可口可樂。」他剛轉身要走，我又把他叫了回來。「你能摻點兒蘭姆酒什麼的嗎？」我問他，問得極其客氣。「我可不能坐在這樣俗氣的地方連一滴酒也不喝。你能摻點兒蘭姆酒什麼的嗎？」

「非常對不起，先生……」他說著，就走開了。我倒不怎麼怪他。要是有人發現他們賣酒給年輕人喝，他們就要丟掉飯碗，而我又年輕得要命。

我又開始跟鄰桌的三個巫婆眉來眼去。主要當然是對那個金頭髮的，對其他兩個完全是出於無奈。但我也沒做得太過火，我只是不時地朝她們三個冷冷地那麼瞄一眼。可是她們三個見我這樣，都像傻子似的咯咯笑起來。她們也許以為我太年輕，不該這樣跟女人眉來眼去，這使我火得要命——她們也許以為我要跟她們**結婚**什麼的哩。她們這樣做後，我本應該給她們潑一盆冷水的，但糟糕的是，我當時真想跳舞。有時候我非常想跳舞，當時湊巧正是這樣的時候。因此突然間，我朝她們彎過身去說：「妳們哪位想跳舞？」我問得一點也不粗魯，事實上還十分溫文有禮。可是真他媽的，她們把**這**也看成是一個驚人的舉動。她們又開始咯咯笑起來。我不是開玩笑的，她們是三個正牌的傻子。「來吧，我輪流請妳們三位跳舞。好不好？可以嗎？來吧！」我可真想跳舞呢。

最後，那個金頭髮的站起來跟我跳舞了，因為誰也看得出我主要是在跟她講話，我們兩個於是進入舞池。我們一走，那兩個傻瓜差點兒犯起歇斯底里來。我當然是實在沒有辦法，才跟她們這樣的人打交道的。

可是那樣做卻很值得，這位金髮女郎很會跳舞。她是我生平所遇跳舞跳得最好的馬子之一。我不是開玩笑的，有些笨到家的馬子真能在舞池上把你惹毛。那種實在很聰明的馬子在舞池上不是有一半時間都想由**她**主導，就是根本不會跳舞，最好的做法是乾脆留在桌邊跟她痛飲到醉。

「妳真會跳，」我對金髮女郎說。「妳真該去當個舞蹈家。我說的是真心話。我跟舞蹈家一起跳過舞，她還不及妳一半哩。妳可曾聽說過馬可和米蘭達？」

「什麼？」她說。她甚至都沒在聽我說話。她一直在東張西望。

「我問妳聽說過馬可和米蘭達沒有？」

「沒聽過。沒有，我沒聽過。」

「呃，他們是舞蹈家，尤其是那個女的。可是她跳得沒有太好。她把該做到的動作都做了，可是她跳得並不怎麼好。妳知道一個跳舞跳得真正好的女孩子是怎麼樣的？」

「你說什麼？」她說。她甚至都沒在聽我說話。她的心思完全在別的地方。

「我問妳可知道一個跳舞跳得真正好的女孩子是怎麼樣的？」

「啊，這樣啊。」

「呃——關鍵就在於我搭在妳背上的那隻手底下。我要是手底下什麼也感覺不到——沒有腦袋，沒有腿，沒有腳，**什麼**也沒有——那麼這女孩才是真正會跳舞的。」

可是她沒在聽。因此我有好一會兒沒理她。我們只是跳著舞。天哪，這個傻姑娘真能跳舞。布迪．辛格跟他的鳥樂隊正在演奏〈就是這麼回事〉，就連他們這麼糟的樂隊，也沒能把那曲子完全糟蹋掉。這是支了不起的歌曲。我們跳舞的時候，我沒想玩什麼花樣——我最討厭有人愛在舞池上耍花樣顯本領——不過我一直帶著她轉來轉去，而她也跟得很好。可笑的是，我本來還以為她也沉浸在跳舞當中呢，但突然間她說出了一句十分愚蠢的話。「我和我的姊妹淘昨天晚上看見了彼得．勞爾，那個電影演員。他本人。正在買報紙。他真討人喜歡。」

「妳運氣好，」我對她說。「妳運氣真好。妳知道嗎？」她真是個傻子，但真能跳舞。我忍不住在她笨腦袋瓜子頂上吻了一下——你知道——就吻在那個笨地方。我吻了以後，她十分生氣。

「喂！這算什麼？」

「不。沒什麼。妳真能跳舞。我有個小妹妹，還在他媽的念小學四年級。妳跳得簡直跟她一樣好，而她跳舞跳得比哪個活人或死人都好。」

「請你說話注意點，要是你不介意的話。」

真是個淑女啊，好樣的。一位女王，老天爺。

「妳們幾位從哪裡來？」我問她。

可是她並沒有回答我。她正忙著東張西望，大概是看看彼得．勞爾他老兄有沒有在場，我猜。

「妳們幾位從哪裡來？」我又問了一遍。

「什麼？」她說。

「妳們幾位從哪裡來？妳要是不高興回答，就別回答。我不想讓妳太緊張。」

「華盛頓州，西雅圖。」她說。她告訴我這話，像是給了我什麼天大的恩惠似的。

「妳真健談，」我對她說。「妳知道嗎？」

「什麼？」

我沒再說下去。反正說了她也不懂。「要是他們演奏一個快節奏的舞曲，妳想跳個吉特巴嗎？不是那種粗俗的吉特巴，不是那種蹦蹦跳跳的——而是那種輕鬆愉快的。只要一奏快節奏的舞曲，那些老的、胖的全都會坐下，我們的地方就寬敞啦。如何？」

「對我說來都無所謂。喂——你到底幾歲啦？」

不知什麼緣故，這話使得我惱火。「哦，天哪。別殺風景，我才十二歲呢，老天爺。我的個頭長得特別高大。」

「**聽著**。我已經說過了。我不喜歡你那樣說話。你要是再那樣說話，我可以回去跟我的姊妹淘一起坐，你知道。」

我像個瘋子似的不停道歉，因為樂隊已在奏一個快節奏的舞曲了。她開始跟我一起跳起吉特巴來——但只是輕鬆愉快的那種，不是粗俗的那種。她跳得真是好。你只要用手搭著她就可以。她讓我神魂顛倒了。我說的是真心話。我們一起坐下的時候，我有一半愛上她了。女人就是這樣。只要她們做出什麼漂亮的舉動，儘管她們長得不漂亮，儘管她們有點愚蠢，你也會有一半愛上她們，接著你就會不知道自己他媽的身在**何處**。女人。老天爺，她們真能讓你發瘋。她們真的能。

她們沒請我過去坐她們那桌——多半是因為她們太沒知識——但我還是坐過去了。那個跟我一起跳舞的金髮女郎叫作蓓妮絲什麼的——我記不清是姓克拉伯斯還是克萊伯斯了。那兩個特別醜的叫作馬蒂和拉凡恩。我告訴她們我的名字叫吉姆．斯堤爾，當然是他媽的亂講的。接著我想跟她們來些有點頭腦的對話，可是那簡直辦不到，你總要扯一扯她們的手臂，好讓她們理你一下。你也很難說她們三個到底哪一個最蠢。她們三個全都在這個混帳房間裡不停東張西望，好像希望看到一大群混帳**電影明星**隨時闖進來似的。她們大概以為那些電影明星一到紐約，都不去白鸛俱樂部或者愛爾．摩洛哥那種地方，反而全都來到紫丁香廳。總而言之，我差不多花了半個鐘頭，才打聽出她們三個都在西雅圖哪裡高就。她們全都在一家保險公司裡工作。我問她們喜不喜歡那工作，可是你以為能從這三個傻瓜嘴裡聽到什麼聰明的回答嗎？我本以為那兩個醜的，馬蒂和拉凡恩，是親姊妹，但我問她們是不是親姊妹時，卻把她們兩個都氣壞啦。你看得出她們倆誰也不願自己長得像對方，當然這也不能怪她們，不過仔細想來，倒也十分有趣。

我輪流跟她們三個全都跳了舞。那個叫拉凡恩的醜女跳得還不太壞，但另外那個叫馬蒂的簡直可怕極了。跟馬蒂大姊跳舞，就好像抱著自由女神石像在舞池上拖來拖去。我這樣拖著她轉來轉去的時候，唯一讓自己稍稍享受點的辦法就是拿她開玩笑。因此我告訴她說我剛在舞池那頭看見了電影明星賈利．古柏。

「**在哪？**」她問我——興奮得要命。「**在哪？**」

「唷，妳正好錯過了。他剛出去。我剛才跟妳說的時候，妳幹嘛不馬上回過頭去呢？」

她停止跳舞，拚命從大家的頭頂上望過去，想最後看他一眼。「唉！唉！」她說。我差點就讓她心碎了——真是差一點點。我真後悔自己不該跟她開這個玩笑。有些人是不能開玩笑的，儘管他們有可笑的地方。

好笑的還在後面。我們回到座位以後，馬蒂大姊就告訴其他兩個說，賈利．古柏剛剛出去。好樣的，拉凡恩和蓓尼絲大姊聽了這話，差點都想自殺。她們全都興奮得要命，問馬蒂看見了沒有。馬蒂大姊說她只隱約瞥見一眼。真夭壽。

酒吧馬上就要打烊了，所以我為她們每人叫了兩杯酒，我自己也另外要了兩杯可口可樂，這張混帳桌子上擺滿了杯子。那個叫拉凡恩的醜女不停地取笑我，因為我只喝可口可樂。她倒真富於幽默感。她和馬蒂大姊只喝杜松子果汁酒——還是在十二月中旬，我的天。她們除此之外不知道喝什麼別的。那個金髮女郎蓓尼絲大姊光喝摻水威士忌。而且也真的喝得一滴不剩。三個人老是在尋找電影明星。她們很少講話——甚至在她們彼此之間。馬蒂大姊比起其餘兩個來，講的話還算多些。她老是說著那種俗氣的、無聊的話，比如稱呼廁所為「小姑娘的閨房」，看見布迪·辛格樂隊裡那個又老又糟的吹木簫的站起來嗚嗚吹了幾下，就認為他吹得好得不得了。她還稱呼那根木簫為「甘草棒」。你說她俗氣不俗氣？另外那個叫拉凡恩的醜女自以為非常俏皮。她老叫我打電話給我父親，問問他今晚在幹什麼。她還老問我父親約了馬子沒有。這話整整問了**四遍**——她還真是俏皮。那個金髮女郎蓓尼絲大姊簡直一句話也不說。每次我問她什麼，她總是說：「什麼？」這樣要不了多久，會使你的神經受不了。

突然間，她們喝完自己的酒，三個都站起來衝著我說她們要去睡了。她們說明天一早還要到無線電城的音樂廳去看早場電影。我還想留她們多待一會兒，可是她們不肯，因此我們互相說了聲再見。我對她們說我要是有機會到西雅圖，一定去拜訪她們，可是我很懷疑自己說的話。我是說我懷疑自己會不會真的去拜訪她們。

加上香菸什麼的，帳單上共約十三元。我想，她們至少應該主動提說要付一部分，就是在我坐到她們那桌之前她們自己叫的那些飲料——我當然不會**讓**她們付，可是她們至少應該提一下。不過我並不在乎。她們實在太沒知識了，她們還戴著那種又難看又花稍的帽子哩。還有，她們要一早起來去無線電城音樂廳看早場電影，這事也讓我十分沮喪。假如有人，比如說一個姑娘，戴著很難看的帽子，大老遠來到紐約——還是從華盛頓州的西雅圖來的，老天爺——結果卻是一早起來去無線電城音樂廳看一場混帳早場電影，那就會讓我沮喪得受不了。只要她們不告訴我這一點，我還肯請她們喝一百杯酒哩。

她們一走，我也就離開了紫丁香廳。反正也快關門了，樂隊已經離開很久了。首先，這種地方簡直待不下去，除非有個跳舞跳得好的馬子陪著你跳舞，或者除非那裡的侍者讓你買的不只是可口可樂，而是一些真正的飲料。世界上沒有一間夜店可以讓你長久坐得住，除非你至少可以買點酒痛飲到醉，或者除非你是跟一個讓你神魂顛倒的馬子在一起。

11

突然間，在我出去到大廳的半路上，我腦子裡忽然又想起琴·迦拉格來。她盤據我的思緒，怎麼也甩不開。所以我就在那令人作嘔的大廳椅子上坐下，又想起她跟史泰德賴塔一塊兒坐在埃德·班基那輛混帳汽車裡的事來，雖然我他媽的十分肯定史泰德賴塔他老兄上不了她——我對琴瞭若指掌——可是我仍不能把琴從我的思緒裡甩開。我對琴瞭若指掌。這的確不假。我是說，除了下棋，她還喜愛一切體育運動，自從跟她認識以後，整個夏天我們差不多天天早晨在一起打網球，天天下午在一起打高爾夫球。我跟她的關係的確十分密切。我說的並不是什麼肉體關係之類——的確不是——可是我們確實老在一起。你不一定非得通過嘿咻才能理解一個女孩。

我會認識她，是因為她家的那隻德國種獵犬老在我家草地上拉屎。我母親為這事十分生氣。她去找了琴的媽，鬧得很不愉快。我媽可以為這種事大發雷霆。過了一兩天，我在俱樂部裡遇見了琴，看見她趴在游泳池旁邊，就跟她打了個招呼。我知道她就住在我家隔壁，可我以前從來沒跟她說過話。那天我跟她打招呼的時候，她對我冷得像塊冰。我真他媽的費了不少工夫跟她解釋，說**我**他媽的才不管她的狗在**哪**拉屎。對我來說，牠就是到我家的客廳裡來拉屎都沒問題。總而言之，這之後，琴就跟我變成朋友。那天下午我就跟她一起去打高爾夫球。她失了八球，我記得。**八球**。我費了很大工夫，才教會她在開球的時候至少張開眼睛。她在我的幫助下球藝進步得很快。我自己高爾夫球打得很好。要是我告訴你經過情形，你大概不會相信。我有一次差點被拍進電影裡，是那種體育短片，可是我最後一分鐘改變了主意。我想像我這樣一個痛恨電影的人，要是讓他們把我拍成短片，豈不成了真正的偽君子了？

她是個有趣的女孩，那個琴。我不會說她是個一等一的美人，可是她的確讓我神魂顛倒。她可以說是個大嘴巴姑娘。我的意思是說她只要一講話，加上心裡激動，她的嘴巴就會朝四面八方大開。真夭壽。而她也從來不把嘴抿緊。那張嘴總是微微張開一點，尤其是她擺好姿勢要打高爾夫球或者是看書的時候。她老是在看書，看的都是些非常好的書。她還讀過不少詩。艾利那隻寫著詩的壘球手套除了我家人以外，我只給她一個人看過。她從來沒見過艾利，因為她還是第一次到緬因來度暑假——以前的暑假，她都到鱈魚岬去——可是我把他的事情跟她講了許多。她對這一類的事情很感興趣。

我媽不怎麼喜歡琴。我是說琴和她媽見了我媽老是不跟她打招呼，我媽就以為她們是故意冷落她。我媽經常在村裡遇見她們，因為琴常常開著她們那輛拉薩爾敞篷汽車跟她媽一起去市場。我媽甚至不認為琴長得漂亮。我呢，當然認為她漂亮。我就喜歡她長的那個模樣，就是那麼回事。

我記得那一天下午，是我唯一的一次跟琴做出接近於摟摟抱抱的親密動作。那天是星期六，外面正下著傾盆大雨，我恰好在她家的門廊——他們有那種裝著紗窗的大門廊。我們倆在一起下棋。我偶爾也拿她取笑，因為她總不肯把國王從後排拿出來使用。可是我也並不把她取笑得太厲害。你是絕不會想把琴取笑得太厲害的。我覺得我自己確實很喜歡一有機會就把一個女孩取笑得面紅耳赤，但好笑的是，那些我最最喜歡的，我卻不想拿她們開玩笑。有時候我覺得你取笑她們以後，她們反倒高興——事實上，我**知道**她們是會高興的——可是你一旦跟她們相處久了，平時從來沒拿她們開玩笑過，那簡直很難開始。總而言之，我打算告訴你的，是那天下午琴跟我怎樣接近於摟摟抱抱。天正下著傾盆大雨，我們都在外面的門廊上，突然間，跟她媽結婚的那個酒鬼出來到門廊上，問琴家裡還有香菸沒有。我跟他不很熟，不過從外表看，他很像那種不太愛理人的傢伙，除非是他有求於你。他有種極討厭的個性。總而言之，他問琴知不知道哪裡有香菸，琴卻不回答他。因此那傢伙又問了她一遍，她依舊不回答他。她甚至沒從棋盤上抬起頭來。最後那傢伙走進屋去了。他進去後，我就問琴他媽的到底是怎麼回事。當時她甚至不肯回答**我**。她假裝好像在集中注意力思考下一步棋該怎麼走。接著突然間，那顆淚珠啪的一下掉到棋盤上了。正好掉在一個紅方格上——好樣的，直到現在還歷歷在目呢。她只是用手一擦，把那顆淚珠擦進了棋盤。我不知怎的，覺得心裡很不對勁，於是走過去讓她在她坐的那把長椅上挪出些位置，好讓我坐在她身旁——事實上我簡直就坐在她懷裡。接著她**真的**哭了起來，我呢，只知道在她臉上狂吻——**所有地方**——她的眼睛，她的**鼻子**，她的前額，她的眉毛，她的**耳朵**——她整個的臉，除了她嘴上一帶。她彷彿不讓我吻她的嘴。不管怎樣，這是我們倆最親密的一次。過一會兒，她起身進去，換上紅白相間的運動衫，就是我見了最神魂顛倒的那一件，我們倆一起去看混帳電影。在路上，我問她古達罕先生——就是那酒鬼的名字——可曾對她不規矩過。她年紀還很輕，可是她有那種非常好的身段，所以換了我，就絕不會讓她待在古達罕那雜種的身旁。不過她說沒有。我怎麼也弄不明白這他媽的是怎麼回事。有些女孩子你簡直怎麼也弄不明白究竟是怎麼回事。

我希望你不要只因為我們不在一起摟摟抱抱什麼的，就把她看成是他媽的**性冷感**。她才不是呢。我就老跟她牽手，比如說。這聽起來好像沒什麼，我知道，可是你跟她牽起手來卻是滋味無窮。大多數的馬子你要是牽住她們的手，她們那隻混帳手就會**死**在你的手裡，要不然她們就覺得非把自己的手**動**個不停不可，好像生怕讓你覺得膩了似的。琴可不一樣。我們進了一個混帳電影院什麼的，就馬上牽起手來，直到電影演完才放開，既不改變手的位置，也不拿手大做文章。跟琴牽手，你甚至都不會擔心自己的手是不是在出汗。你只知道自己很快樂。你的確很快樂。

我剛想起另一件事。有一次，在電影院裡，琴幹了一件事，差點讓我的靈魂都出了竅。好像還是在放映新聞片的時候，我突然覺得有隻手搭在我脖子後面，那是琴的手。幹這樣的事說來確實是很可笑。就是說她還那麼年輕，而你瞧見的那些把手搭在別人脖子後面的女人，多半都是在二十五歲到三十歲之間，而且對方不是她們的丈夫便是她們的孩子──比如說，我自己就偶爾把手搭在我小妹妹菲比的脖子後面。可是遇到一個年輕的女孩幹這樣的事，那真是別有滋味，簡直叫你銷魂。

總而言之，這就是我坐在大廳裡那把令人作嘔的椅子上想的心事。想的是琴。我只要一想起她跟史泰德賴塔一起出去坐在埃德·班基那輛混帳汽車裡的那部分，就會難過得差點沒發瘋。我知道她絕不會讓他攻上本壘，可是我心裡照樣難過得要命。我甚至都不高興談這件事，如果你一定要我說老實話。

大廳裡已經沒有人。連所有那些婊子模樣的女人也都不在了，忽然間我覺得自己非他媽的離開這地方不可了。這地方實在太叫人洩氣。不過我還一點都不覺得睏。因此我上樓回到自己房裡，穿上大衣。我還往窗外眺望了一下，看看所有那些心理變態的人是不是還在行動，卻見對面房裡全熄燈了。我又搭電梯下去，叫了輛計程車，要司機送我去歐尼。歐尼是格林威治村裡的一個夜店，我哥哥D.B.還沒到好萊塢去給人做賤之前常去那地方，他也帶我去過幾次。開夜店的歐尼是個又高又胖的黑人，會彈鋼琴。這傢伙勢利得要命，見了人甚至都不肯理睬，除非你是個大人物或者名人或者別的什麼。不過他的鋼琴確實彈得好，事實上好得都有點流於粗俗了。我自己也不太清楚我說這話是什麼意思，但我說的是真心話。我確實喜歡聽他演奏。不過有時候你真想把他那架混帳鋼琴翻倒。我想那是因為他有時彈起鋼琴來，**聽起來**就像那種勢利鬼，除非你是大人物，否則不肯理睬你。

12

我坐的那輛計程車十足是輛舊車，裡面的氣味就好像有人剛剛嘔吐過似的。我只要深夜出去，總會坐到這類令人作嘔的車。更糟的是，外面又是那麼安靜那麼孤寂，雖說是在星期六晚上。街上幾乎沒什麼人。偶爾只見一男一女穿越馬路，摟著彼此的腰；或者一幫古惑仔模樣的傢伙跟他們的馬子在一起，全都像惡魔似的哈哈大笑著，至於引起他們發笑的原因，我敢打賭根本不好笑。深夜裡有人在街上大笑讓紐約這地方顯得很駭人。你在好幾英里外都聽得見這笑聲。你會覺得那麼孤獨，那麼沮喪。我真希望自己能回家去，跟我妹妹菲比瞎扯一會兒。可是最後，等到我在車裡坐了一會兒以後，那司機就跟我聊起天來。他的名字叫霍維茲。他比我之前遇見的那個司機要好多了。總而言之，我想他或許知道那些鴨子的事。

「喂，霍維茲，你到中央公園淺水湖一帶去過沒有？就在中央公園南面？」

「**哪裡**？」

「淺水湖。那個小湖。裡面有鴨子。你知道。」

「知道，怎麼了？」

「呃，你知道在湖裡游著的那些鴨子嗎？差不多春天的時候會出現的？可是到了冬天，你知道牠們到哪裡去了？」

「**誰**到哪裡去了？」

「那些鴨子，你知道嗎？我問你。我是說到底是有人開卡車來把牠們運走了呢，還是牠們自己飛走了——飛到南方或者什麼地方去了？」霍維茲他老兄把整個身體轉過來看我。他是那種沉不住氣的傢伙，但他為人倒不壞。「見鬼了，我怎麼會知道？我他媽的怎麼知道像這樣的蠢事？」

「呃，別為這個**生氣**。」我說。看樣子他好像有點生氣了。

「誰生氣了？沒人生氣。」

我看他為一點小事他媽的那麼容易生氣，就不再跟他說話了。但他自己又跟我攀談起來。他再度把整個身子轉過來，說道：「那些**魚**哪裡也不去，牠們就待在原來的地方，那些魚。就待在那個混帳湖裡。」

「那些魚——那不一樣。那些魚不一樣。我講的是**鴨子**。」我說。

「那有什麼**不一樣**？沒什麼不一樣。」霍維茲說。他不管說什麼，總好像憋著一肚子氣似的。「在冬天，**魚**比鴨子還要難過呢，老天爺。用你的腦子吧，老天爺。」

有大概一分鐘，我什麼話也沒說。接著我說：「好吧。要是那個小湖整個牢牢地結成一塊冰，人們都在上面**溜冰**什麼的，那麼那些魚什麼的，牠們怎麼辦呢？」

霍維茲他老兄又轉過身來。「牠們怎麼辦？你他媽的這話是什麼意思？」他向我大吼大叫說。「牠們就待在原來的地方，老天爺。」

「牠們可不能不管冰。牠們可不能**不管**。」

「誰不管冰？沒有人不管！」霍維茲說。他變得他媽的那麼激動，我真怕他會把車撞到電線杆或者別的什麼東西上去。「牠們就住在混帳的冰**裡面**。這是牠們的天性，老天爺。牠們就那麼一動不動整整凍住一個冬天。」

「是嗎？那麼牠們吃什麼呢？我是說，牠們要是被凍住了，就不可能游來游去尋找食物什麼的。」

「牠們的**身體**，老天爺——你這是怎麼啦？牠們的身體能吸收養分，就從冰裡混帳的水草之類的玩意去吸收，牠們的**毛孔**隨時隨地全張開著。這是牠們的**天性**，老天爺。懂我的意思嗎？」他又他媽的把整個身體轉過來看著我。

「哦，」我說。我不再說下去了。我怕他會把這輛混帳汽車撞得粉碎。再說，他又是那麼個容易為小事生氣的傢伙，跟他討論什麼可不是件愉快的事情。「你能不能在哪裡停一下，跟我喝一杯？」我說。他並沒有回答我。我猜他還在想。我又問了他一遍。他是個不錯的傢伙。十分有趣。

「我沒時間喝酒，老弟。你他媽的到底幾歲啦？幹嘛不在家裡睡覺？」

「我不睏。」

我在歐尼夜總會門口下了車，付了車錢，霍維茲他老兄忽然又提起了魚的問題。他確實在思考這問題呢。「聽著，你要是魚，大自然這個母親就會照顧你，對不對？你總不會認為到了冬天，那些魚會死光光吧？」

「不，可是……」

「你他媽的說得對，牠們不會死掉。」霍維茲說著，就像隻飛出地獄的蝙蝠似的，開著車一溜煙走了。他可以說是我一輩子遇到的最容易為一點小事生氣的傢伙。不管你說什麼，都會惹他生氣。

儘管時間已經這麼晚了，歐尼這鬼地方還是擁擠不堪。絕大多數是中學和大學裡的一些怪胎。幾乎世界上的每一個混帳學校都比我進的那些學校早放假。這地方擠得差點連大衣也沒法寄放。不過倒是靜得很，因為歐尼正在彈鋼琴。只要他在鋼琴邊坐下，便被看成是件**神聖的**事，其實，老天爺，誰也不可能好到**那種**地步。除了我之外，大約還有三對男女在等桌子，他們全推來擠去踮起腳尖，想看一眼歐尼彈鋼琴。他的鋼琴前面放著一面混帳大鏡子，很亮的聚光燈打在他身上，因此在他演奏的時候，人人都能看到他的臉。他演奏的時候你看不見他的**手指頭**——只看見他那張寬闊的老臉。真是了不起。我不太記得我進去的時候他正在演奏什麼曲子，不過不管是什麼曲子，反正都被他糟蹋得一塌糊塗。他賣弄本領，傻里傻氣地把那些高音符彈得像流水一樣，還有其他油腔滑調的鬼把戲，我聽了真是厭惡極了。可是，你真該聽聽他彈完時聽眾的反應。你聽了肯定作嘔。他們簡直瘋了。他們整個就像電影院裡的那些癡人，見了一些並不好笑的東西卻笑得像魔鬼一樣。我可以對天發誓，換了我當鋼琴家或是演員或是其他什麼，這幫傻瓜如果把我看成極了不起，我反而會不高興。我甚至不願他們給我鼓掌。他們總是為不該鼓掌的東西鼓掌。換了我當鋼琴家，我寧可在混帳壁櫥裡演奏。總而言之，他一彈完，當每個人卯起來不要命地鼓掌的時候，歐尼老兄就從他坐著的凳子上轉過身來，鞠了一個十分假、十分謙虛的躬。好像他不僅是個傑出的鋼琴家，還是個謙虛得要命的仁人君子。根本是裝模作樣——我是說他原是那麼個大勢利鬼。可是說來可笑，他演奏完畢時，我倒真有點替他難受。我甚至認為他已不再知道他自己彈得好不好了。這也不能完全怪他。我倒有點怪所有那些不要命地鼓掌的傻瓜——你只要給他們一個機會，他們會把任何人寵壞。總而言之，這又讓我心裡沮喪和煩悶起來，我他媽的差點想取回我的大衣回旅館去了，只是時間太早，我不太想回去獨自待著。

最後他們給我找了一個糟得不能再糟的桌位，靠著牆壁，前面還擋著一根混帳柱子，望出去什麼也看不見。桌子又小，鄰桌上的人要是不站起來讓路——他們當然從來不站起來，這班雜種——你簡直得爬進你的椅子。我要了杯蘇格蘭威士忌加蘇打，這是我最愛喝的飲料，除了霜凍黛克莉以外。哪怕只有六歲，你都能在歐尼夜總會要到酒，這地方是那麼暗，再說誰也不管你幾歲。哪怕你是個有毒癮的，也沒人管。

我周圍盡是些怪胎。不是開玩笑的。在我左邊另一張小桌上，**迎頭**坐著一個長得很滑稽的男子和一個長得很滑稽的馬子。他們跟我差不多年紀，或許稍稍比我大一點。說來真是好笑。你看得出他們倆小心得要命，用慢得不能再慢的速度啜著少得不能再少的酒。我聽了一會兒他們的談話，因為我沒有別的事可做，他正在講給她聽當天下午他看的一場職業橄欖球比賽。他把整場比賽裡的每一個混帳動作悉數跟她講了——不是開玩笑的。我從來沒聽見過講話比他更無趣的。你也看得出他的馬子對這場混帳球賽甚至一點也不感興趣，可是她的模樣長得甚至比**他**還要醜，所以我猜想她也就非聽**不可**。真正的醜女說來也真可憐。有時我真替她們難過。有時候我連看都不敢看她們，特別是她們跟那種喋喋不休地大談一場混帳橄欖球賽的傢伙在一塊兒的時候。可是在我**右邊**所進行的談話甚至還更糟糕。我右邊是一個非常像耶魯學生模樣的傢伙，穿著一套法蘭絨西裝，裡面是件輕飄飄的塔特薩爾牌背心。所有這些明星大學裡的雜種外表都一模一樣。我父親要我上耶魯，或者普林斯頓，可我發誓絕不進長春藤盟校裡的任何一所大學，哪怕是要我的**命**，老天爺。不管怎樣，這個耶魯模樣的傢伙卻跟一個漂亮極了的馬子在一起，好樣的，她長得真是漂亮。可你真該聽聽他們的談話。首先，他們兩個雙雙有了醉意。那個男的一邊在桌子底下摸她，一邊卻跟她說著他宿舍裡某個傢伙怎樣吃了整整一瓶阿斯匹靈自殺，差點就死了。他的馬子不停地對他說：「多**可怕**哪……別這樣，親愛的。請別這樣。這裡不行。」想一想，一邊摸女人，一邊講給她聽有人怎樣自殺！有夠夭壽的。

我這樣獨自坐著，的的確確開始感覺到自己很像是一個蠢蛋。除了抽菸喝酒之外，我別無其他事情可做，於是叫侍者去問問歐尼他老兄是不是肯來跟我一塊兒喝一杯。我叫他去告訴他說我是D.B.的弟弟。可是我認為他根本不會把話帶到。這些雜種是絕不會代你向任何人傳話的。

突然間，有個姑娘過來對我說：「霍爾頓．考爾菲德！」她的名字叫莉莉恩．西蒙斯。我哥哥D.B.過去有一段時間曾跟她在一起過。她的咪咪很海。

「嗨。」我說。我自然想站起來，可是在這樣的地方，要站起來頗費一番工夫。跟她在一塊兒的是一個海軍軍官，他那樣子就像屁股插著根棍子似的。

「看到你真是太驚喜了！」莉莉恩．西蒙斯大姊說，完全是裝模作樣。「你哥哥好嗎？」其實她想知道的，還不就是這個。

「他很好。他到好萊塢去了。」

「到**好萊塢**去了！多**了不起**！他在幹什麼呢？」

「我不知道。寫作吧。」我說。我不想細談這件事，你看得出她認為進好萊塢十分了不起。差不多每個人都這樣認為，但他們多半沒看過他寫的小說，這種事情可真叫我發瘋。

「太讓人高興了。」莉莉恩大姊說。接著她把我介紹給那海軍軍官。他的名字叫鮑洛甫隊長什麼的。他就是那種人，跟你握起手來要是不把你的指頭捏斷那麼四十根，就會以為自己是娘炮。天哪，我痛恨這種事。「你一個人嗎，小伙子？」莉莉恩大姊問我。她把走道上**整個混帳交通**堵塞住了。你看得出她很喜歡妨礙交通。有個服務生等著她讓路，可是她甚至當沒有他這個人似的。真是好笑。你看得出那服務生並不喜歡她，你看得出連那個海軍也不喜歡她，雖說他把她約了出來。而我也不喜歡她。誰也不喜歡她。說來倒真有點替她難過呢。「你沒約人嗎？小伙子？」她問我。我這時已站了起來，她甚至不叫我坐下。她就是那種人，喜歡讓你一站幾個小時。「他可不是個小帥哥？」她對那個海軍說。「霍爾頓，你確實是越長越帥了。」那海軍叫她往前走，告訴她說他們把整個走道堵住了。「霍爾頓，來跟我們坐在一起吧，」莉莉恩大姊說。「把你的酒端過來。」

「我馬上就要走了，」我對她說。「我還有個約會。」你看得出她是想討好我，好讓我去告訴D.B.老兄。

「呃，你這個漂亮小伙子。你是還滿不錯的。可是見到你哥的時候，請告訴他說我恨他。」

她說完就走了。那海軍跟我互相說了聲「很高興認識你」。這種事情非常夭壽，我老是在跟人說「很高興認識你」，其實認識他一**點**也不高興。你要是想在這世界上活下去，就得說這一類的話。

我既然跟她說了另有約會，就只好**離開**，此外沒有他媽的其他選擇。我甚至不能多待會兒，聽聽歐尼老兄彈一首比較像樣的曲子。不過我當然不會過去跟莉莉恩·西蒙斯大姊和那海軍坐在一桌，去自討苦吃，讓自己無聊死。所以我離開了。可是我取大衣的時候，心裡恨得要命。這些人就是會掃你的興。

13

我徒步走回旅館，整整走過了四十一個街區。我這樣做，倒不是因為想散步什麼的，主要還是因為不想再在另一輛計程車裡進進出出。有時候你會突然討厭坐計程車，就像突然討厭搭電梯一樣。於是你就得靠兩隻腳走，不管路有多遠，樓有多高。我小時候，就常常靠兩隻腳走上我們的公寓，足足要爬十二層。

你甚至不知道已經下過雪了。人行道上連雪的影子都沒有。可是天氣冷得要命，我就從口袋裡取出我那頂紅色獵人帽戴在頭上——我他媽的才不管我看起來成什麼鬼樣子哩。我甚至把耳罩都放了下來。我真想知道是誰在潘西偷走了我的手套，因為我的兩隻手快凍僵了。其實我即使知道了，也不會採取什麼行動。我是那種膽小鬼。雖說盡可能不表現出來，但我骨子裡真的是個膽小鬼。比方說，要是在潘西發現是誰偷走了我的手套，我也許會走到小偷的房裡說：「喂，把你那副手套拿出來怎麼樣？」那小偷聽了或許會用十分無辜的聲音說：「什麼手套？」我會怎麼辦呢？我或許會到他的壁櫥裡把那副手套找出來，比如說是藏在他那雙混帳雨鞋或者別的什麼東西裡的。我會把手套拿出來，給那傢伙看，說道：「這混帳手套是**你**的？」那小偷大概會裝出十分虛假、十分無辜的模樣，說道：「我這輩子從來沒見過這副手套。這手套要是你的，你就拿去。我可不要這種混帳東西。」然後我大概會直挺挺地在那裡站上五分鐘，手裡拿著那副混帳手套，心裡想著應該在那傢伙的下巴上揍那麼一拳，一把打落他的混帳下巴。只是我沒那勇氣。我只會站在那裡，裝出很凶狠的樣子。我會怎麼做呢？我只會說一些十分尖刻、十分下流的話，來激怒他——卻不敢揮拳打他的下巴。總而言之，我要是說了些十分尖刻、下流的話，那傢伙大概會起身向我走來，說道：「聽著，考爾菲德，你是不是在罵我小偷？」我聽了都不敢說：「你他媽的說得一點不錯，你這個偷東西的下流雜種！」我大概只會說：「我只知道我的那副混帳手套在你的混帳雨鞋裡。」那傢伙聽了，大概會馬上摸清我的底，知道我根本不敢動手揍他，所以他會說：「聽著。我們打開天窗說亮話。你剛才是不是叫我小偷？」我大概會這樣回答：「誰也沒叫誰小偷。我只知道我的手套在你的混帳雨鞋裡。」就這樣一來一往講上幾個小時。可是我最後離開的時候，甚至不會碰他一下。我大概會到盥洗室裡，偷偷抽一支菸，在鏡子前看自己裝出凶狠的樣子。總而言之，這就是我回旅館時一路上在想的事。當個膽小鬼絕不是什麼好玩的事情。也許我並不完完全全是個膽小鬼。我不知道。我想也許我只是一半出於膽小，一半出於丟了副手套什麼的並不他媽的在乎。我有這麼個缺點，就是不管丟了什麼東西都不在乎——小時候我媽就常為這事氣得發瘋。有些人要是丟了東西，不惜花好幾天到處尋找。我好像從來就不曾有過什麼好東西丟了以後會著急得要命，或許這就是我一半膽小的原因，不過這構不成給自己開脱的理由。的確。一個人根本就不應該膽小。你要是應該往誰的下巴上揍一拳，心裡如果想揍，就應該動手，但我就是動不了手。我寧可把一個人推出窗外，或者用斧頭砍下他的腦袋瓜子，也不願用拳頭揍他的下巴。我最恨跟人動拳頭。我倒不在乎自己挨揍——儘管我並不樂於挨揍，這是當然的啦——可是用拳頭打架的時候我最害怕對方的臉。我的問題是，我不忍看對方的臉。要是雙方都蒙住眼睛什麼的，那倒還可以。你要是仔細一想，這可算是種有意思的膽小方式，不過終歸一樣都是膽小，沒得否認。我絕不自欺欺人。

我越是想到我的那副手套和自己的膽小，心裡就越煩悶，最後我決定停下來找個地方喝一杯。我在歐尼夜總會裡只喝了三杯，最後一杯都沒喝完。我有一個長處，就是酒量好得不得了。只要心情好，我可以徹夜痛飲，外表一點兒也看不出有什麼不一樣。有一次，在胡敦中學，我跟另一個叫雷蒙德·高爾德法伯的傢伙買了一品脱蘇格蘭威士忌，星期六晚上躲在小教堂裡喝，那裡沒人會看見我們。他已爛醉如泥，我卻一點酒意都沒有。我只是變得十分冷靜，對什麼都無動於衷。我在睡覺之前嘔吐了一陣，但也不是非吐不可——我是硬讓自己吐出來的。

總而言之，在我回旅館之前，我走進一家門面簡陋的小酒吧，忽然有兩個酩酊大醉的傢伙走出來，問我地鐵在哪裡。有一個傢伙看起來很像古巴人，在我告訴他怎麼走的時候，不停地把他嘴裡的臭氣往我臉上噴。結果我連那個混帳酒吧的門都沒進，就回旅館去了。

大廳裡空蕩蕩的，發出一股像五千萬支菸屁股的味道。真的。我依舊不覺得睏，只是心裡很不痛快。煩悶得很。我簡直不想活了。

接著，突然間，我遇到了那麼件衰事。

我才一進電梯，那個電梯小弟就跟我說：「朋友，有興趣玩玩嗎？還是時間太晚了？」

「什麼意思？」我說。我真不知道他在暗示些什麼。

「今天晚上要個小姐玩玩嗎？」

「我？」這麼回答當然很傻，可是有人直截了當地問你這種問題，一時的確很難回答。

「你多大啦，先生？」開電梯的說。

「怎麼？二十二。」

「嗯——哼。呃，怎麼樣？你有興趣嗎？五塊錢一次。十五塊一整晚。」他看了看手錶。「到中午。五塊錢一次，十五塊錢到中午。」

「好吧，」我說。這違背我的原則，可是我心裡煩悶得要命，甚至沒多加思索。糟就糟在這裡。你要是心裡太煩悶，根本沒辦法思考。

「要什麼？要一次，還是到中午？我得知道。」

「就一次吧。」

「好吧，你住幾號房間？」

我看了看鑰匙上面那個寫著號碼的紅色玩意。「1222。」我說。我已經有點後悔不該這樣做，不過已經來不及了。

「好吧。我在十五分鐘內送個小姐上來。」他打開電梯的門，我走了出去。

「喂，她長得漂亮嗎？」我問他。「我可不要什麼老太婆。」

「沒有老太婆。別擔心這個，先生。」

「我怎麼給錢？」

「給她。就這樣吧，先生。」他簡直衝著我當頭把門關上了。

我回到房裡往頭髮上抹了些水，可是在水手式的平頭上實在梳不出什麼名堂來。接著我想起在歐尼夜總會裡抽了那麼些菸，又喝了威士忌加蘇打，就試了試自己的嘴裡有沒有臭味。你只要把手放到嘴巴下面，對著鼻孔向上呼氣，就聞得出自己嘴裡有沒有臭味。我嘴裡的味道倒不大，但我還是刷了刷牙。接著我又換了件乾淨襯衫。我知道自己犯不著為了個妓女盛裝打扮，不過這樣我總算有事可做了。我有點緊張。我開始有慾望了，但我也有點緊張。老實跟你說，我還是個處男哩。我真的是個處男。我倒有幾次機會可以失去童貞，可我始終沒失去。總是有什麼事情發生。比方說，你要是在女朋友的家裡，她的父母總會突然回家——或者你害怕他們會突然回家。或者你要是在別人汽車裡的後座上，那麼前座上總會有什麼人——我是說總會有個馬子——老想知道整個混帳汽車裡在幹些什麼。我是說前座上總有個馬子老回過頭來看看後面在他媽的幹些什麼。不管怎樣，反正總有什麼事發生。有一兩次，我只差一點就到手了。特別是有一次，我記得。可是後來出了什麼事——我都記不得到底出什麼事了。問題是，每當你要跟一個馬子嘿咻的時候——我是說不是個妓女什麼的妞——十有九次她總不停地叫你住手。我的問題是，每次我都住手了。大多數男人不會這樣。我卻由不得自己。你總拿不準她們是真正要你住手呢，還是她們害怕得要命，還是她們故意要你住手，又怕萬一你真的幹了那事，那麼過錯就都在你身上，她們可以全身而退。不管怎樣，每次我都住手了。問題是，我心裡真有點替她們難過。我是說大多數的妹都那麼傻。你只要跟她們摟摟抱抱一會兒，就能親眼目睹她們失去理智。一個妹只要真的熱情了起來，就不再有理智。我不知道。她們要我住手，我就住手了。我送她們回家以後，總後悔自己不該住手，可是到時候又總是老毛病發作。

總而言之，我在穿另一件乾淨襯衫的時候，心裡暗忖，這倒是我最好的一個機會。我想她既是個妓女，我可以從她那兒取得一些經驗，在我結婚後也許用得著。有時候我可真擔心這檔事。在胡敦中學的時候，有一次我看到一本書，裡面講一個非常世故、文雅、好色的傢伙。他的名字叫勃朗夏德先生，我還記得。這是一本爛書，可是勃朗夏德這個人物倒是寫得不錯。他在歐洲的里維耶拉河上有一座大城堡，空閒時他總是拿根棍子打女人。他是個真正的浪子，可是很令女人著迷。在書的某一章裡，他說女人的身體很像個小提琴，需要一個大音樂家才能演奏出好音樂。這是本粗俗不堪的書——我知道這一點——可是我怎麼也忘不掉那個小提琴的比喻。我之所以想取得些經驗，以備結婚後應用，說來也是如此。考爾菲德和他的魔術小提琴，好樣的。這有點俗氣，我知道，可是也不算**太**俗氣。我不介意自己在這檔事上成為老手。如果你真要我說老實話，我可以告訴你說當我跟一個女人胡搞的時候，有多半時間我都他媽的找不到我所尋找的東西，要是你懂得我意思的話。就拿剛才我說的那個差點就跟我發生關係的妹來說吧。我差不多花了一個小時才把她的奶罩脫掉。到了我真正把它脫掉的時候，她都準備往我的臉上吐口水了。

總而言之，我不停地在房間裡踱來踱去，等那妓女來。我真希望她長得漂亮。不過我對這個也不十分在乎。我只希望這事能快點過去。最後，有人敲門了，我去開門的時候，在手提箱上絆了一跤，差點摔壞了我的膝蓋。我總是選在這種緊要時刻絆倒在手提箱之類的東西上。

我開了門，看見那妓女正站在門外。她穿了件駝毛絨大衣，沒戴帽子，有一頭金髮，不過你看得出來是染的。但她倒不是個老太婆。「您好。」我說。溫文儒雅得很，好樣的。

「你就是毛里斯說的那位？」她問我，看樣子並不太他媽的客氣。「毛里斯是不是那個電梯小弟？」

「是的。」她說。

「唔，是我。請進來，好不好？」我說。說著說著我變得越來越冷淡了。真的。

她進房後馬上脫下大衣，往床上一扔。大衣裡面穿著件綠色洋裝。她斜坐在那把跟房間裡的書桌配成一套的椅子上，開始抖她的一隻腳。她把一條腿蹺在另一條腿上，開始抖蹺在上面的那隻腳。對一個妓女來說，她的舉止似乎過於緊張。她確實緊張。我想那是因為她年輕得要命的緣故。她跟我差不多年紀。我在她旁邊的一把大椅子上坐下，遞給她一支香菸。「我不抽菸。」她說。她說起話來哼哼唧唧的，聲音很小。你甚至都聽不見她說什麼。你請她抽菸什麼的，她也從來不說聲謝謝。她整個就是不上道。

「讓我來自我介紹吧。我的名字叫吉姆．斯提爾。」我說。

「你有手錶嗎？」她說。她並不在乎我他媽的叫什麼名字，當然啦。「喂，你到底多大啦？」

「我？二十二。」

「不好笑。」

她這話有意思得很。聽起來真像個孩子說的。你總以為一個妓女會說「見鬼」或者「屁咧」，而不會說「不好笑」。

「**妳**多大啦?」我問她。

「大到可以懂事了。」她說。她倒真是機智。「你有手錶嗎?」她又問了我一遍,隨即站起來,拉起衣服從頭頂上脫下。

她脫衣服的時候,我的確有一種奇特的感覺。我是說她脫得那麼**突然**。我想,你要是看見過女人站起來拉起衣服從頭頂上脫下,總難免要興奮,但我當時並沒有。興奮是我當時**最最沒有**的感覺了。不但不興奮,還覺得十分沮喪。

「喂!你有手錶嗎?」

「不。不,我沒有,」我說,好樣的,我倒真有一種奇特的感覺。「妳叫什麼名字?」我問她。她現在只穿著一件粉紅色襯裙,看了真讓人窘得很。真的。

「桑妮。喂,來吧。」

「妳想不想再聊一會兒?」我問她。這話說得很孩子氣,但我當時的心境真是他媽的奇特。「妳趕時間嗎?」

她望著我,好像我是個瘋子似的。「你想聊什麼?」她說。

「我不知道。沒什麼特別的,我只是想,妳或許願意聊聊天。」

她又在書桌邊的椅子上坐下。可是她心裡並不高興,你看得出來。她又開始抖她的一隻腳——好樣的,她真是個容易緊張的妹。

「妳想抽支菸嗎？」我說。我忘了她不抽菸。

「我不抽菸。聽著，你要是想聊天，快聊。我還有事要做。」

但我想不出有什麼話可聊。我本想問問她怎麼會當妓女的，可是我又怕問她。看樣子她也不會告訴我。

「你不是從紐約來的吧，是不是？」我最後說。我只想出了這麼句話。

「好萊塢。」她說著，起身走到床上她放衣服的地方。「你有衣架嗎？我不想把我這件衣服弄皺。全新的呢。」

「當然有。」我馬上說。能站起來做點什麼事，我真是太高興了。我把她的衣服拿到壁櫥裡掛好。說來好笑，我掛的時候，心裡竟有點難過。我想起她怎樣到鋪子裡去買衣服，鋪子裡的人誰也不知道她是個妓女。售貨員賣衣服給她的時候，大概還以為她是個普通的女孩哩。這使我心裡難過得要命——我也說不出到底是什麼道理。

我又坐下來，想繼續跟她聊天。她真他媽的不會聊天。「妳每天晚上都工作嗎？」我問她——這話說出口後，聽起來似乎很不像話。

「是的。」她在房裡走來走去，從書桌上拿起菜單來看。

「妳白天做什麼？」

她聳了聳肩膀。她的身材很瘦。「睡覺。看電影。」她放下菜單朝我看著。「來吧，喂，我可沒那麼多……」

「聽著，」我說。「我今天晚上精神不好。我這一晚過得很糟糕。我對天發誓。我照樣付妳錢，但我們要是不幹那檔事，妳不會介意吧？妳不會很介意吧？」糟糕的是，我真的不想幹那檔事。我沒有衝動，只覺得沮喪，老實告訴你。她本人很叫人洩氣。還有那掛在壁櫥裡的綠色洋裝什麼的。再說，我覺得自己真不能跟一個整天坐在混帳電影院裡的馬子幹那檔事。我覺得真的不能。

她走到我身邊，臉上帶著怪異的神情，好像並不相信我的話。「怎麼回事？」她說。

「沒什麼。」好樣的，我怎麼會那麼緊張呢！「問題是，我最近剛動過一次手術。」

「是嗎？哪裡？」

「在我那——怎麼說呢——我的鎖骨上。」

「是嗎？那是哪裡？」

「鎖骨？呃，真正說來，是在脊椎骨裡。我是說在脊椎骨的深處。」

「是嗎？真糟糕。」說著她就坐到我他媽的懷裡來了。「你真可愛。」

她真讓我緊張極了，我只好拚命撒謊。「我還沒完全康復呢。」我對她說。

「你很像電影裡的一個傢伙。你知道像哪一個。你知道我說的是誰。他叫什麼名字來著？」

「我不知道。」我說。她不肯從我他媽的懷裡下來。

「你當然知道。他就在那個曼爾溫．道格拉斯主演的片子裡。是不是曼爾溫．道格拉斯的弟弟？就是從船上掉下來的那個？你知道我說的是誰？」

「不，我不知道。我很少看電影。」接著她開始逗起我來。粗野得很。

「不幹那檔事妳不會介意吧？」我說。「我沒那種心情，我剛才跟妳說了。我剛動過手術。」

她依舊沒從我懷裡下來，可是極其鄙夷地望了我一眼。「聽著，混帳毛里斯叫醒我的時候，我睡得正香呢。你要是以為我是——」

「我說過照樣付妳錢。我說了算數。我有的是錢。唯一的原因是我動了一次大手術，差不多剛剛復……」

「那你幹嘛告訴混帳毛里斯說你要個**小姐**！要是你剛剛在你的什麼混帳地方動了一次混帳手術，**嗯**？」

「我當時以為自己的精神還不錯。我高估自己了。不是開玩笑的。很抱歉。要是妳能起來那麼一會兒，我就馬上拿錢給妳。我不騙妳。」

她火冒三丈，不過終於從我的混帳懷裡下來了，好讓我過去到五斗櫃上取我的皮夾子。我拿出一張五塊錢鈔票遞給她。「謝謝，」我對她說。「非常謝謝。」

「這是五塊。要十塊呢。」

她開始變得不太對勁，我看得出來。我就怕會發生這種事——真的。

「毛里斯說五塊，」我告訴她。「他說十五塊到中午，五塊一次。」

「十塊一次。」

「他說的是五塊。很抱歉——我真的很抱歉——但我只能給這麼些錢。」

她聳了聳肩膀，就像剛才那樣。接著她冷冷地說：「麻煩幫我拿一下衣服好嗎？是不是太麻煩您了？」她是個令人毛骨悚然的傢伙。儘管她說話的聲音那麼細小，卻能嚇得你心驚肉跳。要是她是個經驗豐富的老娼婦，臉上滿是脂粉，就不會那麼嚇人了。

我過去幫她拿了衣服。她穿好衣服，又從床上拿起她的駝毛絨大衣。

「再見，癟三。」她說。

「再見。」我說。我沒有謝她。我很高興我沒謝她。

14

桑妮大姊走了以後，我在椅子上坐了一會兒，抽了兩支菸。外面天已慢慢亮了。好樣的，我心裡很難過，我那時有多沮喪，你簡直沒法想像。我當時幹了些什麼呢？我開始大聲跟艾利講起話來。有時候我心情實在沮喪得厲害，就會這麼做，我口口聲聲叫他回家牽自行車，到鮑比．法隆家門口來找我。我們在緬因的時候，就住在鮑比．法隆家附近——那是幾年前的事了。總而言之，那次是這麼回事，有一天鮑比和我想騎自行車到塞德比哥湖去。我們自己帶午飯，還帶了支BB槍——我們都還很小，以為用我們的BB槍可以打獵。總而言之，艾利聽見我們談論這事，也要跟著去，我不肯答應。我告訴他說他還太小。此後每逢我心裡十分沮喪，就會口口聲聲跟他說：「好吧。回家牽你的自行車，我在鮑比家門口等你。快去。」那倒不是我出去的時候總不帶他一起去，我是帶了他，可是就那一天，我沒帶他去。他倒沒生氣——他從來不為什麼事生氣——但只要我心裡十分沮喪，就老會想起這件事。

最後，我脱掉衣服上床了。上床以後，我倒是想禱告什麼的，但我禱告不出來。我真想禱告的時候，卻往往禱告不出來。主要原因是我不信教。我喜歡耶穌什麼的，可是我對

《聖經》裡其他那些鬼玩意多半不感興趣。就拿十二門徒來說吧，他們都叫我厭煩得要命，老實告訴你。耶穌死後，他們倒還不錯，可是耶穌活著的時候，他們起的作用，簡直等於是在他的腦袋上打洞。他們只會洩他的氣。在我看來《聖經》裡的任何人物都要比十二門徒強。你如果要我說老實話，《聖經》裡除了耶穌以外，我最喜歡的要數那個瘋子，就是住在墳墓裡不斷拿石頭砍自己的那個。這個可憐的雜種，我喜歡他要勝過那些門徒十倍。我在胡敦中學的時候，常常為這件事跟住在走道盡頭那個叫作亞瑟·查爾茲的傢伙爭論個沒完。查爾茲老兄是個教友會信徒，一天到晚在讀《聖經》。他是個很不錯的孩子，我很喜歡他，不過關於《聖經》裡的許多事物，我始終沒法跟他取得一致看法，尤其是那些門徒。他再三跟我說，我要是不喜歡那些門徒，也就是不喜歡耶穌本人。他說，既然是耶穌**選擇**了那些門徒，你就應該喜歡他們。我說，我也知道是祂選擇了他們，不過祂只是隨便挑選的。我說，祂沒時間仔細分析每個人。我說，我毫無責備耶穌的意思。祂之所以沒時間，那也不能怪祂。我記得我還問過查爾茲老兄，那個出賣耶穌的猶大自殺以後是不是下地獄了。查爾茲說當然啦。我就是在這一點上不能同意他的看法。我說，我可以跟他賭一千塊錢，耶穌並沒有將猶大打入地獄。我現在依舊願意跟人打這個賭，只要我有一千塊錢。我覺得任何一個門徒都會把猶大打入地獄——而且打得很快——不過我敢拿隨便什麼東西打賭，耶穌絕不會這樣做。查爾茲老兄說，我的問題在於從來不上教堂。他這話說得倒是有些對。我的確從來不上教堂。主要是，我父母信不同的教，家裡的孩子也就什麼教都不信了。你如果要我說實話，我可以老實告訴你我甚至受不了那些牧師。就拿我念書的那些學校裡的牧師來說吧，他們佈道的時候，總裝出那麼一副神聖的嗓音。天哪，我真討厭這個。我真他媽的看不出他們為什麼不能用原來的聲音講道。他們一講起道來，聽起來總是那麼假。

總而言之，我上床以後，卻怎麼也禱告不出來。我只要一開始禱告，就會想起桑妮大姊怎樣叫我癟三。最後，我在床上坐起來，又抽了支菸。那菸抽在嘴裡一點味道都沒有。自從離開潘西以後，我差不多抽掉兩包菸了。我正躺在床上抽，忽然聽見外面有人敲門。我很希望敲的不是我的房門，但我心裡清清楚楚地知道敲的正是我的房門。我不知道自己怎麼會知道，但我的確知道得很清楚。我也知道是誰在敲門。我未卜先知。「誰？」我說。我心裡很害怕。我對這種事情一向很膽小。

他們只是卯起來敲門。越敲越大聲。

最後我從床上起來，只穿著睡衣就去開門。我甚至都用不著開房間裡的燈，因為天已經亮了。桑妮大姊和電梯小弟王八毛里斯就站在門外。

「怎麼啦？有什麼事？」我說。好樣的，我的聲音怎麼抖得這樣厲害。

「沒什麼大事，」毛里斯老兄說。「只是跟你要五塊錢。」兩個人當中只有他一個人講話。桑妮大姊只是張大了嘴站在他旁邊。

「我已經給她了。我給了她五塊錢。你問她。」我說。好樣的，我的聲音直發抖。

「要十塊，先生。我跟你說好的。十塊一次，十五塊到中午。我跟你說好的。」

「你不是這樣跟我說的。你說五塊一次。你說十五塊到中午，沒錯，我清清楚楚地聽你說……」

「把門開大一點，先生。」

「幹嘛？」我說。天哪，我的那顆心差點沒從喉嚨裡跳出來。我真希望自己至少穿好了衣服，遇到這樣的事，光穿著睡衣真是可怕。

「我們進去說，先生。」毛里斯老兄說著，用他的那隻髒手狠狠地推了我一把，我他媽的差點倒栽了個跟斗——他是個婊子養的壯漢。一轉眼，他跟桑妮大姊兩個都在房裡了。瞧他們的模樣，就像這混帳地方是屬於他們的。桑妮大姊坐在窗臺上。毛里斯老兄就坐在那把大椅子上，解開了衣領——他還穿著那套電梯小弟的制服。好樣的，我當時緊張極了。

「好吧，先生，拿錢來吧。我還得回去上班呢。」

「我已經跟你說過十遍啦，我不欠你一毛錢。我已經給了她五……」

「別說廢話啦，嗳。拿錢來吧。」

「我幹嘛還要給她五塊錢？」我說。我的聲音響徹整個房間。「你這是在向我勒索！」

毛里斯老兄把制服鈕釦全都解開了，裡面只有個襯衫假領，沒穿襯衫什麼的。他有個毛茸茸的又大又肥的肚子。「沒人在向誰勒索。拿錢來吧，先生。」

「不要。」

他聽了這話，就從椅子上起身向我走來。看他的樣子，好像十分、十分疲倦或是十分、十分厭煩。天哪，我心裡真是害怕。我好像把兩臂交叉在胸前，我記得。我想，我當時要不是只穿著混帳睡衣，情況恐怕不至於那麼糟。

「拿錢來吧，先生。」他一直走到我站著的地方。他只會說這麼句話。

「拿錢來吧，先生。」他真是個窩囊廢。

「不要。」

「先生，你是不是一定要我給你點顏色瞧瞧呢。我不願那樣做，不過看樣子非那樣做不可。你欠我們五塊錢。」

「我並不欠你們五塊錢。你要是動我一根寒毛，我就會大叫。我會把旅館裡的人全都喊醒。我要叫警衛。」我聲音抖得像個雜種。

「叫吧。把你的混帳喉嚨叫破吧。好極了，」毛里斯老兄說。「要你爸媽知道你跟一個妓女在外面過夜嗎？像你這樣的上等人？」他說話雖然下流，卻很尖銳。真的。

「離我遠一點。你要是當時說十塊，情況就不同了。但你明明是說……」

「你到底給不給錢？」他把我直頂在那扇混帳門上。他簡直是站在我上面，挺著他那個毛茸茸的髒肚子。

「離我遠一點。快給我滾出去。」我說。我依舊交叉著雙臂。天哪，我真是個傻瓜蛋。

這時桑妮頭一次開口說話了。

「喂，毛里斯。要不要把他的皮夾拿來？」她說。「就在那裡。」

「好，拿來吧。」

「別動我的皮夾！」

「我已經拿到了，」桑妮說著，拿了五塊錢在我面前一揮。「瞧？我只拿你欠我的五塊。我不是小偷。」

我突然哭了起來。我真希望自己當時沒哭，但我的確哭了起來。

「不，妳不是小偷。妳只是偷走了五……」

「住嘴。」毛里斯老兄說著，推了我一把。

「別理他，喂，」桑妮說。「走吧，喂。我們拿到了他欠我們的錢。我們走吧，喂。」

「來啦。」毛里斯老兄說，可是他沒動。

「我要你過來，毛里斯，喂。別理他。」

「有誰在欺負人嗎？」他說，一副無辜的樣子，接著他用手指重重地在我的睡褲上彈了一下，我不會告訴你他彈了**哪裡**，可是真的痛得要命。我對他說他是個混帳下流的窩囊廢。「你說什麼？」他說。他把手圈在耳後，像是個聾子似的。「你說什麼？我是什麼？」

我還在哭。我是他媽的那麼生氣，那麼緊張。「你是個下流的窩囊廢，你是個向人勒索的混帳窩囊廢，再過兩年，你就會變成一個乞丐，在街上向人討一毛錢喝咖啡。你那件骯髒破爛的大衣上面全是鼻涕，你還要……」

我話沒說完，他就揍了我一拳。我甚至都沒想要躲避。我只覺得自己的肚皮上重重挨了一下。

我並沒有被打昏過去，因為我還記得自己怎樣從地板上目送他們兩個一起走出房間，還隨手把門帶上。我在地板上躺了好一會兒，就像我跟史泰德賴塔打架時那樣。只是，這一次我以為自己快要死了。我真的這樣以為。我覺得自己好像掉到水裡快要淹死似的。問題是，我的呼吸十分困難。最後我好不容易站起來，得彎著腰捧著肚子向浴室走去。

但我真是瘋了。我可以對天發誓我是瘋了。在去浴室的半路上，我開始假裝自己胸口中了一顆子彈。毛里斯老兄開槍打了我。這會兒，我是要到浴室去喝一大口威士忌什麼的，定一定神，好讓我準備好採取行動。我幻想著自己從天殺的浴室裡出來，已穿好了衣服，口袋裡放著一支自動手槍，走起路來還搖搖晃晃的。我不坐電梯，而是走下樓。

我扶住欄杆，嘴角斷斷續續淌出一點血來。我就這樣走下幾層樓——捂著心窩，流得到處是血——然後我就摁鈴叫電梯。毛里斯老兄一打開電梯的門，看見我手裡握著一支自動手槍，就會害怕得朝著我高聲尖叫起來，叫我別拿槍打他。但我還是開了槍。一連六槍打在他那毛茸茸的肚皮上。然後我把那支手槍扔下電梯道——當然先把指印什麼的全部擦乾淨了。然後我爬回自己房裡，打電話叫琴來給我包紮心窩上的傷口。我想像自己怎樣渾身淌著血，由琴拿著一支菸讓我抽。

那些混帳電影。它們真能害人。我不是開玩笑的。

我在浴室裡待了一個小時左右，洗了一個澡，然後回到床上，過了好一陣子才睡著——我甚至不覺得睏——但我終於睡著了。我當時倒是真想自殺。我很想從窗口跳出去。我可能也真會那樣做，要是我確實知道我一摔到地上馬上就會有人拿布把我蓋起來。我不希望自己渾身是血的時候有一堆傻瓜蛋伸長脖子看著我。

15

我沒睡多久，因為我記得自己醒來時才十點左右。我抽了支菸，立刻覺得肚子餓得厲害。我最後一次吃東西，還是跟馬爾和阿克萊一起到艾傑斯鎮看電影時吃的兩客漢堡牛排。那已經很久很久了，好像在五十年以前似的。電話就在我旁邊，我本來想打電話叫他們送早點上來，但我又怕他們派毛里斯老兄送來早餐。你要是以為我急於再見他一面，那你才有神經病呢。所以我只是在床上躺了一下子，又抽了支菸。我本來想打個電話給琴，看看她有沒有回家，可是我沒那心情。

我於是給薩麗．海斯大姊打了個電話。她在瑪麗．伍德魯夫念書，我知道她已經放假回家，因為兩星期之前我曾接到過她的信。我對她並不怎麼傾心，但我認識她好幾年了。我由於自己愚蠢，一直以為她十分聰明。我之所以這樣想，是因為她對戲劇文學之類的懂得很多。要是一個人對這種懂得很多，那你就要花很大工夫才能發現這人是不是真的蠢。拿薩麗大姊來說，我花了好幾**年**才發現。我想如果我們不老是在一起摟摟抱抱的，我也許能發現得更早一些。我的一大問題是，只要是跟我在一起摟摟抱抱的妹，我總以為她們很聰明。其實這兩件事沒有一點混帳關係，但我總要那麼想。

總而言之，我打了個電話給她。先是女傭接電話。接著是她爸爸。接著她來了。「薩麗？」我說。

「是——你哪位？」她說。她是個裝模作樣的馬子。我早就告訴她父親我是誰了。

「霍爾頓．考爾菲德。妳好嗎？」

「霍爾頓！我很好！你好嗎？」

「好極了。聽著。妳好嗎，嗯？我是說學校裡？」

「很好。我是說——你懂得我的意思。」

「好極了。呃，聽著。我不知道妳今天有空沒空，今天是星期天，可是星期天也總有一兩場日場表演。什麼義演之類的。妳想不想去？」

「我很想去。這太棒了。」

這太棒了。我最討厭的就是這句話，這太棒了。聽起來那麼裝模作樣。一時間，我真想叫她忘了看日場表演這回事吧，但我們又聊了一會兒。我是說，她一個人聊了起來，你簡直插不進一個字。她先告訴我有個哈佛學生——大概是一年級生，可是她沒說出來，當然啦——怎樣在拚命追她，**沒日沒夜**地打電話給她。沒日沒夜——真夭壽。接著她又告訴我另外一個傢伙，是什麼西點軍校的，也為了她要尋死覓活。真了不起。我告訴她兩點鐘在比爾特摩的鐘底下跟我見面，千萬別遲到，因為節目大概在兩點半開演。她平常總是遲到。然後我把電話掛了。她有點讓我厭煩，不過長得倒是真漂亮。

我跟薩麗大姊約好以後，就從床上起來，穿好衣服，然後整理行裝。我離開房間之前又往窗外望了望，看看所有那些心理變態的傢伙都在幹什麼，可是他們全把窗簾拉上了。到了早上，他們都成了謙虛謹慎的君子淑女。我於是坐電梯下樓，結清了帳，到處都看不見毛里斯老兄的蹤影。那個狗雜種，我不會花工夫去找他的，當然啦。

我在旅館外面叫了輛計程車，但我一時想不起他媽的去哪裡好。我沒地方可去。今天才星期日，我要到星期三才能回家——最早也要到星期二。我當然不想再去住旅館，讓人把我的腦漿打出來。最後我叫司機送我到中央大車站。那裡離比爾特摩很近，以便待會兒跟薩麗會面。我當時打算做的，是把我的兩隻手提箱寄放在車站的寄物處，然後去吃早飯。我肚子真的有點餓了。我在計程車裡的時候，拿出皮夾來數了數錢。我記不得皮夾裡還剩多少，反正已經不多。我在大約兩個混帳星期裡已經花掉了一個國王的收入。真的。我天生是個敗家子。有了錢不是花掉，就是弄丟。多數時候我甚至會在餐廳裡或夜店裡忘記拿找給我的錢。我父母為這件事氣得要命，那也怪不得他們。我父親倒是很有錢。我不知道他有多少收入——他從來不跟我談這種事情——但我覺得他賺得很不少。他在一家公司裡當法律顧問。幹這一行的人都很能賺錢。我知道他有錢的另一個原因，是他老在百老匯的演藝事業上投資。不過他總是蝕掉老本，氣得我母親差點沒發瘋。自從我弟弟艾利死後，她身體一直不太好。她的神經很衰弱。也就是為了這個緣故，我真他媽的不願讓她知道我又被退學的事。

我在車站的寄物處寄放好手提箱以後，就到一家賣三明治的小店裡去吃早飯。我吃了一頓對我來說算分量很大的早餐——柳橙汁、培根蛋、烤麵包片和咖啡。平常我只喝一點柳橙汁。我的食量非常小。真的。正因為這個緣故，我才他媽的那麼瘦。照醫生囑咐，我本來應該多吃些澱粉類的東西，好增加體重，可是我從來不吃。我在外面吃飯的時候，往往只吃一份起司三明治和一杯麥芽牛奶。吃的不算多，不過你可以從麥芽牛奶攝取不少維生素。霍爾頓．維．考爾菲德。那個維，就是維生素的維。

我正在吃蛋，忽然來了兩個拿著手提箱的修女——我猜想她們大概是要搬到另外一個修道院去，正在等火車——到我吃飯的吧檯，就在我旁邊坐下。她們好像不知道該把手提箱往哪裡放好，因此我幫了她們一把。這兩隻手提箱看起來很不值錢——不是真皮的。這原是無關緊要的小事，我知道，可是我最討厭人家用不值錢的手提箱。這話聽起來的確很可怕，可是我只要看見不值錢的手提箱，甚至都會討厭拿手提箱的人。曾經發生過這樣一件事。我在愛爾敦．希爾斯念書的時候，有一段時間跟一個名叫狄克．斯萊格爾的傢伙同寢室，他就用那種很廉價的手提箱。他並不把這些箱子放在架子上，而是塞進床底下，這樣人家就看不見他的箱子跟我的箱子並列在一起。我為這件事心裡煩得要命，真想把我自己的手提箱從窗戶扔出去，或者甚至跟他的交換一下。我的箱子是克勞斯專櫃品牌貨，完全是真牛皮，看樣子很值幾個錢。可是後來發生了一件好笑的事。事情是這樣的，我最後也把我的手提箱從架子上取下來，塞到了我的床底下，好不讓斯萊格爾他老兄因此產生他媽的自卑感。可是奇怪的事發生了，我把我的箱子塞到床底下之後，過了一天他卻把它們取了出來，放回到架子上。他這樣做的原因，我過了很久才找出來，原來他是要人家把我的手提箱看作是他的。他真是這個意思。在這方面他這人的確十分好笑。比如說，他老是對我的手提箱說著難聽的話。他口口聲聲說它們太新、太資產階級。「資產階級」是他最愛說的混帳口頭禪。他不知道從哪裡讀到的或是聽來的。我所有的一切全都他媽的太資產階級。連我的原子筆也太資產階級。他一天到晚跟我借去用，但那筆照樣太資產階級。我們同寢室住了大概兩個月後，雙雙要求換房。好笑的是，我們分開以後，我倒有點想念他，因為他這個人非常富有幽默感，我們在一起有時也很快樂。如果他也同樣在想念我，我絕不會驚訝。最初他說我的東西太資產階級，他只是說著玩的，我聽了一點也不在乎——事實上，還覺得有點好笑。可是過了些時候，你看得出他不是在說著玩了。問題是，如果你的手提箱比別人的值錢，你就很難跟他同住一室——如果你的手提箱真的好，他們的真的不好。或許你看見對方為人聰明，富有幽默感，就會以為他們不在乎誰的手提箱好，那你就錯了。他們才在乎的咧！他們的確在乎。後來我去跟史泰德賴塔這樣的蠢貨雜種同寢室，這也是原因之一。至少他的手提箱跟我的一樣好。

總而言之，兩位修女坐在我旁邊，我們就閒聊起來。我身旁的那個修女還帶著一只草編籃子，修女和女童軍在耶誕節前就是用這種籃子向人募捐的。你常常看見她們拿著籃子站在角落裡——尤其是在第五大道上，在那些大百貨公司門口。總而言之，我身旁那個修女的籃子掉到地上了，我就彎下腰去替她撿起來。我問她是不是出來募捐的。她說不是。她說她收拾行李的時候這只籃子裝不進箱子，所以就用手提著。她望著你的時候，臉上的笑容很親切。她的鼻子很大，戴的那副眼鏡鑲著鐵邊，不怎麼好看，但她的臉卻非常和藹可親。「我本來想，妳們要是出來募捐，」我對她說，「我也許可以捐幾個錢。其實妳們不妨把錢收著，等到妳們將來募捐的時候算是我捐的。」

「哦，你真好。」她說。另外一個，她的朋友，也抬起頭來看我。另外那個修女一邊喝咖啡，一邊在看一本黑皮小書。那書的樣子很像《聖經》，可是比《聖經》要薄得多。不過那是本屬於《聖經》一類的書。她們兩個都只吃烤土司和咖啡當早點。我一見，心裡就沮喪起來。我最討厭我自己吃著培根和雞蛋什麼的，別人卻只吃烤土司和咖啡。

她們同意我捐給她們十塊錢，還不停地問我要不要緊。我對她們說我身上有不少錢，她們聽了似乎不信，不過她們終於把錢收下了。她們兩個都不停地向我道謝，反而弄得我很不好意思。我於是改變話題，問她們要去哪裡。她們說她們都是教書的，剛從芝加哥來到這兒，要到第一六八大街或是第一八六大街或是其他任何一條遠離市中心的小街上某個修道院裡去教書。坐在我旁邊那個戴眼鏡的修女說她教英文，她朋友教歷史和美國政府。我聽了立刻胡思亂想起來，心想坐在我旁邊那個教英文的既是個修女，在她閱讀某些書備課的時候，不知有何感想。倒不一定是那種有許多色情描寫的淫書，而是那種描寫情人之類的作品。就拿湯瑪斯．哈代的《還鄉記》裡的尤泰莎來說，她並不太淫蕩，但你仍不免要暗忖一個修女讀到尤泰莎這樣的人物，心裡不知會有何感想。我嘴裡什麼也沒說，當然啦，我只說英文是我最好的一科。

「哦，真的嗎？哦，我聽了真高興！」那個戴眼鏡教英文的說。「你今年念了些什麼？我很想知道。」她的確和藹可親。

「呃，我們多半時間念盎格魯．撒克遜文學。《表沃夫》，還有《格蘭代爾》，還有《蘭德爾，我的兒子》，都是這一類的東西。不過我們偶爾也得看些課外讀物。我看過湯瑪斯．哈代寫的《還鄉記》，還有《羅密歐與茱麗葉》和《凱撒大帝》……」

「哦，《羅密歐與茱麗葉》！太好啦！你愛看嗎？」聽她的口氣，的確不太像修女。

「是的。我愛看。我很愛看。裡面有些東西我不太喜歡，不過整體說來寫得很動人。」

「有哪些地方你不喜歡？你還記得嗎？」

說老實話，跟她討論《羅密歐與茱麗葉》，真有點不好意思。我是說這個劇本有些地方寫得很肉麻，她呢，又是個修女什麼的。可是她問了我，我也只好跟她討論一會兒。
「呃，我對羅密歐和茱麗葉並不是很感興趣。我是說我喜歡倒是喜歡他們，不過——我不知道怎麼說好。他們有時候很讓人心裡不安。我是說莫庫修老兄死的時候，倒是比羅密歐和茱麗葉死的時候更讓我傷心。問題是，自從莫庫修死後，我就不怎麼喜歡羅密歐了。那個刺死莫庫修的傢伙——茱麗葉的堂兄——他叫什麼名字？」
「提伯特。」
「對了。提伯特，」我說——我老忘掉那傢伙的名字。「那全得怪羅密歐。我是說整個劇本裡我最喜歡的是莫庫修老兄，我說不出什麼道理。所有那些蒙太鳩和卡普烈特家族的人，他們都不錯——特別是茱麗葉——可是莫庫修，他真是——簡直很難解釋。他這人十分聰明，十分有趣。問題是，只要有人給人殺死，我心裡總會難過得要命——特別是死的是個十分聰明、十分有趣的人——況且不是他自己不好，而是別人不好。至於羅密歐和茱麗葉，他們至少是自己不好。」
「你在哪個學校念書？」她問我。
她大概不想跟我繼續討論羅密歐和茱麗葉，所以改變話題。
我告訴她說是潘西，她聽說過這學校。她說這是間非常好的學校。我聽了沒吭聲。然後另外一個，那個教歷史和美國政府的，說她們該走了。我搶過她們的帳單，可是她們不肯讓我付。那個戴眼鏡的又從我手裡要了回去。

「你真是太慷慨了，」她說。「你真是個非常可愛的孩子。」她這人真是和藹可親。她有點讓我想起歐納斯特．摩羅老兄的母親，就是我在火車上遇見的那位。尤其是她笑的時候。「跟你聊天真是愉快極了。」她說。

我說我跟她們聊天也很愉快。我說的是真心話。其實我還能更愉快些，我想，要不是在談話中間我老是有點擔心，生怕她們突然問我是不是天主教徒。那些天主教徒老愛打聽別人是不是天主教徒。我老是遇到這樣的事，那是因為，我知道，我的姓是個愛爾蘭姓，而那些愛爾蘭後裔又多半是天主教徒。事實上，我父親過去也的確加入過天主教，但跟我母親結婚後就退出了。不過天主教徒老愛打聽你是不是天主教徒，哪怕他連你的姓都不知道。我在胡敦中學的時候，就認識一個天主教徒同學叫路易．夏尼的，他是我在胡敦時最先結識的同學。他和我兩個在開學那天同坐在混帳校醫室外面最前頭的兩把椅子上，等候體檢，我們兩個開始談起網球來。他對網球非常感興趣，我也一樣。他告訴我他每年夏天都到佛瑞司特山丘去參加聯賽，我告訴他說我也去，於是我們聊了聊某幾個網球健將。他年紀不大，關於網球倒是知道得不少。真的。後來，就在他媽的談話中間，他突然問：「我問你，你有沒有注意過鎮上的天主教堂在哪裡？」問題是，你可以從他問話的口氣裡聽出來，他其實是想打聽你是不是個天主教徒。他真的是在打聽。倒不是他有什麼偏見，而是他很想知道。他跟我一起聊網球聊得很高興，可是你看得出他要是知道我也是個天主教徒什麼的，他心裡一定會更高興。這種事讓我難受得要命。我不是說會破壞我們談話什麼的——那倒不會——但也絕不會給談話帶來什麼好處，這一點是他媽的千真萬確的。就是因為這個緣故，我很高興那兩個修女沒問我是不是天主教徒。她們要是問了，倒也不一定會給談話帶來不快，不過整個情況大概會不一樣了。我倒並不是在責怪天主教徒。一點也不。我自己要是個天主教徒，大概也會這樣做。說起來倒有點跟我剛才講的手提箱情況相同。我只是說它不會給一次愉快的談話帶來好處。這就是我要說的。

這兩個修女站起來要走的時候，我做了件非常傻、非常不好意思的事情。我正在抽菸，當我站起來跟她們說再見的時候，不知怎的把一些煙呼到她們臉上了。我並不是故意的，但我卻這樣做了。我像個瘋子似的直向她們道歉，她們倒是很和氣很有禮貌，我卻覺得非常不好意思。她們走後，我開始後悔自己只捐給她們十塊錢。不過問題是，我跟薩麗．海斯大姊約好了要去看日場表演，我需要留點錢買票什麼的。但我心裡總覺得很不安。去他的金錢。到頭來它總會讓你難過得要命。

16

我吃完早飯，時間才中午而已，可是我要到兩點才跟薩麗．海斯大姊碰頭，所以我展開一場漫長的散步。我心裡老是想著那兩個修女。我想著她們在不教書的時候怎樣拿了那只破舊的草籃到處募捐。我努力想像我媽或者別的什麼人，或者我姑媽，或者薩麗．海斯大姊的那個混帳母親，怎樣站在百貨公司門口拿了只破舊的草籃替窮人募捐。這幅景象簡直很難想像。我媽倒還好，可是另外那兩個就不行了。我姑媽倒是很樂善好施——她做過不少紅十字會工作——但她非常愛打扮，不管她去做什麼慈善工作，總是打扮得漂漂亮亮，塗著口紅什麼的。她要是只穿一套黑衣服，不塗口紅，我簡直無法想像她怎麼還能做慈善工作。至於薩麗．海斯的母親。老天爺。只有一種情況下她才可能拿著籃子出去募捐，那就是人們捐錢給她的時候個個拍她馬屁。如果他們只是把錢扔進她的籃子，對她不理不睬，連話也不跟她說一句就走開了，那麼要不了一個鐘頭，她自己也會走開。她會覺得厭煩。她會送還那只籃子，然後到一家時髦餐廳裡去吃午飯。我就喜歡那些修女這一點。你看得出她們至少不去時髦地方吃午飯。我想到這裡，不由得難過得要命，她們為什麼不到時髦地方去吃午飯什麼的呢？我知道這事無關緊要，可是我心裡很難過。

我開始向百老匯走去，沒有任何混帳目的，只是因為我有好幾年沒去那一帶了。再說，我也想找一家在星期天營業的唱片行。我想給菲比買一張叫什麼《小小雪麗・賓斯》的唱片。這是張很難買到的唱片，唱的是一個小女孩因為兩顆門牙掉了，覺得害羞，不肯出門去。我曾在潘西聽到過。住在我下一層樓的一個學生有這張唱片，我知道這唱片會讓菲比老妹著迷，很想把它買下來，可是那學生不肯賣。這是張非常了不起的舊唱片，是黑妞艾絲戴爾・弗萊契在大約二十年前唱的。她唱的時候完全是狄西蘭爵士樂和妓院的味道，可是聽起來一點也不下流。要是換了個白妞唱，就會做作得要命，可是艾絲戴爾・弗萊契大姊知道怎麼唱。這的確是一張難得的好唱片。我猜我也許能在哪家星期天營業的店裡買到，然後帶著它到公園去。今天是星期天，每逢星期天，菲比常會去公園溜冰。我知道她大部分都在哪兒出沒。

天氣已不像昨天那麼冷，可是太陽依舊不見蹤影，散起步來並不怎麼愉快。不過有一件事很不錯。有一家人就在我面前走著，你看得出他們剛從教堂裡出來。他們一共有三個人——父親、母親，帶著一個六歲左右的小孩子——看起來好像很窮。那父親戴著一頂銀灰色帽子，一般窮人想要打扮得漂亮，通常都戴這種帽子。他和他妻子一邊講話一邊走，一點也不注意他們的孩子。那孩子卻很有意思。他不是在人行道上走，而是走在大馬路上，緊靠著人行道的邊緣。他像一般孩子那樣在走著直線玩，一邊走一邊還哼著歌曲。我走近去聽他唱些什麼。他正在唱那首歌：「要是有個人在麥田裡捉到了一個人。」他的小嗓子還滿不錯的。他只是隨便唱著玩，你聽得出來。汽車來去飛馳，煞車聲響成一片，他的父母卻一點也不注意他，他呢，只顧緊靠著人行道邊緣走，嘴裡唱著「要是有個人在麥田裡捉到了一個人」。這使我心情舒暢了不少。我不像先前那麼沮喪了。

百老匯熙來攘往，到處是人。今天是星期天，才十二點左右而已，但已經到處都是人。人人在走向電影院——派拉蒙或者阿斯特或者斯特蘭德或者凱比托爾或者任何一個這種混帳地方。人人都盛裝打扮，因為今天是星期天，這就使情況更加糟糕。但最糟糕的是你看得出他們全都想要到電影院去。要我看著他們，我可受不了。我可以理解有些人因為沒事可做而到電影院去，可是如果有人真正想要到電影院去，甚至還加快腳步以便早些到達，我見了就會沮喪得要命。特別是我看見千百萬人排成可怕的長隊站了整整一條街，發揮極大的耐性等候著座位。好樣的，我真恨不得插翅飛過這個混帳百老匯。我的運氣很好。我進去的第一家唱片行就有張《小小雪麗．賓斯》。他們要跟我收五塊錢，因為這種唱片很難買到，可是我不在乎。好樣的，我一時變得高興極了。我恨不得馬上趕到公園裡，看看菲比老妹是不是在那裡，好把唱片給她。

我從唱片行出來，經過一家藥房，就走了進去。我想打一個電話給琴，看看她有沒有放假回家。因此我進了電話亭，打了個電話給她，討厭的是，接電話的是她母親，所以我不得不把電話掛了。我不想在電話裡跟她進行一次長談。總而言之，我不愛在電話裡跟女孩們的母親談話。可是我至少應該問問她琴回家沒有。那也要不了我的命。不過我當時沒那心情。做這種事，你真得情緒對了才行。

我還得去買兩張混帳表演票，所以我買了份報紙，看看有些什麼劇碼在上演。今天是星期天，只有三場日場表演。我於是買了兩張《我知道我的愛》的正廳前排票。這是場義演什麼的，我自己並不怎麼想看，但我知道薩麗大姊是天底下最裝模作樣的女子，她一聽到我買了這表演票，由倫特夫婦主演，一定高興得要命。她就喜歡看這種劇碼，既枯燥又俗氣，由倫特夫婦什麼的主演。我跟她不一樣。我根本不喜歡看戲劇表演，如果你要我說老實話。它們不像電影那麼糟糕，可是當然也沒什麼可誇獎的。主要是，我討厭那些演員。他們一向演得不逼真。他們只是自以為演得很逼真。有幾個好演員演得倒是有那麼點逼真，不過並不值得一看。一個演員要是真正演得好，你總是看得出他知道自己演得好，這就糟蹋了一切。拿勞倫斯．奧列維爾爵士來說吧。我看過他主演的《哈姆雷特》，是D.B.去年帶了菲比和我一起去看的。他先請我們吃了頓午飯，然後請我們去看表演。他自己已經看過了，吃午飯時他把這齣劇碼說得那麼好，連我也恨不得馬上就去看。可是我看了卻不覺得怎麼好。我實在看不出勞倫斯．奧列維爾爵士好在哪裡。他有很好的嗓子，是個頗帥的傢伙，在演走路或是鬥劍的時候很值得一看，可是他一點也不像D.B.所說的哈姆雷特。他太像個混帳將軍，而不像個憂鬱的、不如意的衰鬼。整齣戲裡演得最好的部分是奧菲莉婭大姊的哥哥——就是最後跟哈姆雷特鬥劍的那個——即將動身離開，他父親給了他一堆忠告。他父親卯起來給他一堆忠告，奧菲莉婭大姊卻不停地在逗她哥哥玩，把他的匕首從鞘裡拔出來，用各種方法逗他，他呢，卻一本正經，假裝對他父親的胡說八道很感興趣。這的確演得不錯，我看了非常高興，可是像這樣的東西戲裡並不多。菲比老妹喜歡的只有一個地方，就是哈姆雷特拍拍那隻狗的腦袋的時候。她覺得這很好玩，也很有意思，事實上也的確是這樣。但我非做不可的是，我不得不把那劇本讀一遍。我的問題是，遇到這種東西，我總是非自己讀一遍不可。要是由演員演出，我總不肯好好聽。我老是擔心他下一分鐘會不會做出裝模作樣的事來。

我買了倫特夫婦主演的表演票，就坐計程車到公園。我本來應該搭地鐵什麼的，因為我的錢已經不多了，不過我實在很想離開那個混帳百老匯，越快越好。

公園裡也很糟糕。天氣倒是不怎麼冷，但太陽依舊沒出來，整個公園除了狗屎和老人吐的痰、扔的雪茄菸頭以外，好像什麼都沒有，那些長椅看起來也濕漉漉的，簡直無法坐下。這幅景象實在很叫人洩氣，而且你走著走著，不知怎的隔一會兒就會起雞皮疙瘩。這裡一點也沒有快要過耶誕節的跡象。這裡簡直**什麼**跡象都沒有。但我還是一直朝林蔭大道走去，因為菲比來到公園，總是在這一帶玩。她喜歡在音樂台附近溜冰。說來好笑，我小時候，也總喜歡在這一帶溜冰。

但當我到了那裡，連她的影子也沒看見。有幾個小鬼在那裡溜冰，還有兩個大男孩拿了個壘球在玩「空中飛球」，只是不見菲比。後來我看見有個跟她差不多年紀的小女孩獨自坐在長椅上綁她的溜冰鞋。我想她也許認得菲比，能告訴我她在什麼地方，所以我走過去在她身旁坐下，問她說：「我問妳，妳認得菲比．考爾菲德嗎？」

「誰？」她說，她穿了條牛仔褲和大概二十件運動衫。衣服上凹凸不平的，你看得出一定是她媽自己做的。

「菲比．考爾菲德。住在第七十一街，念四年級，就在……」

「你認得菲比？」

「沒錯，我是她哥哥。你知道她在哪裡嗎？」

「她是不是凱隆小姐班上的？」小女孩問。

「我不知道。沒錯，我想她是那個班上的。」

「這麼說來，她大概在博物館裡。我們上星期六去過的。」小女孩說。

「哪個博物館？」我問她。

她聳了聳肩膀。「我不知道，就是博物館。」

「我知道，不過是那個有圖片的呢，還是那個有印第安人的？」

「那個有印第安人的。」

「謝謝。」我說。

我站起來要走，可是突然記起今天是星期天。「今天是星期天呢。」我對小女孩說。

她抬起頭來看看我。「哦，那她就不在那兒了。」

她費了很大的勁綁她的四輪溜冰鞋。她沒戴手套什麼的，兩隻小手凍得又紅又冷。我就幫了她一下。好樣的，我有多少年沒摸過溜冰鞋鑰匙啦，但我拿在手裡一點也不覺得陌生。哪怕是五十年以後，在一片漆黑當中，你拿一把溜冰鞋鑰匙塞進我手裡，我都知道這是溜冰鞋鑰匙。我把她的溜冰鞋綁緊以後，她向我道謝。她是一個很好、很懂禮貌的小妹妹。老天爺，我就喜歡那樣的孩子，你給他們綁了溜冰鞋什麼的，他們很懂禮貌，會向你道謝。大多數孩子都這樣。真的。我問她是不是願意跟我一起去喝杯熱巧克力什麼的，可是她說不要，謝謝你。她說她得去找她的朋友。孩子們老是要去找他們的朋友。真夭壽。

儘管是星期天，菲比和她的全班同學都不會在那兒；儘管外面的天氣是那麼潮濕、那麼糟糕，我還是穿過公園一路向綜合博物館走去。我知道這就是那個綁溜冰鞋的小妹妹所說的博物館。我對整個博物館裡的一切瞭如指掌。菲比念的學校也是我小時候念的學校，我們那時候老是到博物館去。我們那個名叫艾格萊丁格小姐的老師差不多每星期六都帶我們去。有時候我們去看動物，有時候看古代印第安人做的一些東西。陶器、草籃以及類似的玩意。我只要一想起這件事，心裡就非常高興。連現在也這樣。我還記得我們看完所有這些印第安玩意以後，常常到大禮堂去看電影。哥倫布。他們老是放映哥倫布發現新大陸的電影，先是費了很大的勁向斐迪南和伊薩伯拉老兄借錢買船，後來又是水手們打算背叛他。對哥倫布老兄誰也沒多大興趣，但你身上總是帶著不少糖果和口香糖之類的東西，再說大禮堂裡面也有一股很好聞的氣味。儘管外面天氣很好，你進了裡面總聞到一股好像外面在下大雨的氣味，好像全世界就是這個地方最好、最乾燥、最舒適。我很喜歡那個混帳博物館。我記得到大禮堂去的時候得經過印第安館，那是個很長、很長的房間，進了裡面不准大聲說話。而且總是老師走在前面，全班的學生跟在後頭。孩子們排成兩排，每人都有個伴。大多數時間跟我作伴的總是個叫作潔特魯德·萊文的小姑娘。她老愛拉著你的手，而她的手又老是汗涔涔、黏糊糊的。地板是清一色的石頭地，你要是有幾顆玻璃彈珠在手裡，隨便往地上一扔，它們就會在地上到處亂蹦，發出一片聲響，老師就會叫全班同學都停下來，自己走過來查看出了什麼事。可是這位艾格萊丁格小姐從來不發脾氣。接著你經過那艘很長、很長的印第安獨木戰艇，大約有三輛混帳凱迪拉克排成一串那麼長，裡面大約有二十個印第安人，有幾個在滑槳，有幾個只是神氣活現地站在那兒，每個人的臉上都畫著武士的花紋。在獨木舟的船尾有個非常可怕的傢伙，臉上戴著面具。他是個巫醫。他讓我起雞皮疙瘩，但我還是滿喜歡他的。另一件事，你走過的時候要是碰了木槳一下什麼的，其中一個看守的就會跟你說：「別碰東西，孩子們。」可是他說話的聲音總是很和氣，並不像個混帳條子什麼的。接著你經過那個大玻璃櫃，裡面有幾個印第安人在鑽木取火，還有個印第安女人在織毯子。這個織毯子的印第安女人彎著腰，我們都看得見她的乳房，我們經過的時候，總要偷偷瞧一眼，連女生也那樣，因為她們都還是小孩子，跟我們一樣沒什麼乳房。接著，就在進大禮堂之前，靠近大門旁邊，你會經過那個愛斯基摩人。他正坐在一個冰湖裡面的窟窿上面，往窟窿裡釣魚。窟窿旁邊還有兩條魚，是他已經捉得的。好樣的，這個博物館裡，玻璃櫃子可真不少。樓上甚至還更多，裡面有鹿在水窪邊喝水，有鳥飛往南方過冬。離你最近的那些鳥全都是填充玩偶，掛在一些鋼絲上，後面的那些鳥都畫在牆上，可是你乍看之下，全像是真正往南飛，你要是低下腦袋倒著看，牠們甚至顯得更快地在往南飛。不過博物館裡最好的一點是一切東西總待在原來的地方不動。誰也不挪移一下位置。你哪怕去十萬次，那個愛斯基摩人依舊剛捉到兩條魚；那些鳥依舊在往南飛；鹿依舊在水窪邊喝水，牠們的角依舊那麼美麗，牠們的腿依舊那麼又細又好看；還有那個裸露著乳房的印第安女人依舊在織同一條毯子。誰也不會改變模樣。唯一變的東西只是你自己。倒不一定是變老了什麼的。嚴格說來，倒不一定是這個。不過你反正改了些模樣，就是這麼回事。比如說這一次你穿了件大衣。或者上次跟你排在一起的那個孩子得了猩紅熱，換了別人排在你旁邊。或者帶領學生的已不是艾格萊丁格小姐，換了別的什麼人。或者你聽見你媽媽和爸爸在浴室裡吵了一次架，吵得很凶。或者你剛在街上經過一窪子一窪子的水，水上的汽油泛出彩虹一般的色彩。我是說你反正總有些地方**不一樣**了——我說不清楚我的意思。即使我說得清楚，我怕自己也不一定想說。我走著走著，就從口袋裡掏出那頂獵人帽，戴到頭上。我知道不會遇到什麼熟人，再說外面的天氣又潮濕得那麼厲害。我一邊走，一邊想著菲比老妹怎樣在每星期六像我一樣上博物館。我想著她怎樣觀看我過去常常看的一樣的東西，怎樣每次看的時候**她**這個人總會有所不同。我這樣想著，心裡雖然談不上沮喪，卻也不會快活得要命。有些事物應該始終保持著老樣子。你應該把它們放進那種大玻璃櫃裡，別去動它們。我知道這是不可能辦到的，不過這照樣是件很糟糕的事。總而言之，我一邊走，一邊就想著諸如此類的事情。

我經過體育場，就停住腳步看兩個很小的小孩子玩蹺蹺板。有一個孩子比較胖，我就把手擱在瘦孩子那一頭，幫他們平衡，可是你看得出來他們不喜歡我在旁邊，我也只好走了。接著發生了一件很好笑的事。我走到博物館門口，忽然不想進去了，哪怕平白給我一百萬我也不想進去。我現在就是沒那個心情——但我剛才還眼巴巴地穿過整個混帳公園來到博物館，恨不得儘快進去呢。要是菲比在裡面，我或許會進去，可是她不在裡面。因此我就在博物館門口叫了輛計程車去比爾特摩了。我心裡並不怎麼想去，可是我他媽的已經跟薩麗約好啦。

17

我到那裡的時候還很早，就在大廳時鐘旁的皮沙發上坐下，看那些馬子。許多學校都已放假，這裡恐怕有一百萬個馬子或坐或立，在等她們的性子。有的馬子蹺著腿，有的並不，有的馬子大腿好看得要命，有的馬子大腿難看得要命，有的馬子看起來人很不錯，有的馬子看起來很可能是個潑婦，如果你對她有進一步了解的話。這實在是一片大好景色，如果你知道我在說什麼。可是說起來，這景色看了也有點叫人洩氣，因為你老會嘀咕著所有這些馬子將來會有他媽的什麼**遭遇**。我是說在她們離開中學或大學以後。你可以料到她們絕大多數都會嫁給無聊的男人。這類男人有的老是談著他們的混帳汽車一加侖汽油可以行駛多少英里；有的要是打高爾夫球輸了，或者甚至在乒乓球之類的無聊球賽中輸了，就會難過得要命，變得非常幼稚；有的非常卑鄙；有的從來不看書；有的很無趣——不過在這一點上，我得小心一些。我是說在說別人很無趣這一點上。我不了解無趣的傢伙。我真的不了解。我在愛爾敦．希爾斯的時候，跟一個叫哈里斯．梅克林的傢伙同寢室了兩個月。他這人非常聰明，但又是我所遇過最無趣的傢伙。他說話的聲音極其刺耳，偏偏又一天到晚講個不停，簡直沒完沒了。更可怕的是，他講的從來不是任何你想聽的話。不過他有一個長處。這個婊子養的吹起口哨來比誰都好聽。他一邊鋪床，或是一邊往壁櫥裡掛著什麼——他老是往壁櫥裡掛著什麼——真叫我受不了——他一邊幹著這些事，一邊就吹著口哨，只要不是在用刺耳的聲音講話時，他就會吹口哨。他連古典音樂都能吹，但他絕大部分時間只吹爵士歌曲。他能把歌曲吹得很爵士，像〈白鐵屋頂藍調〉之類，而且吹得那麼好聽，那麼輕鬆愉快——就在他往壁櫥裡掛什麼東西的時候——你聽了都會靈魂出竅。當然啦，我從來沒**告訴**他我認為他的口哨吹得好得不得了。我是說你絕不會走到什麼人身邊直截了當地說：「你的口哨吹得好得不得了。」儘管他害我無聊到快發瘋，我還是跟他同寢室了差不多整整兩個月，只因為他的口哨吹得真是好極了，是我聽到過最好最好的。所以說我不了解無趣的傢伙。也許你瞧見哪個不錯的馬子嫁給他們的時候心裡不應該太難受。他們這些人當中，絕大多數並不會傷害他人，再說他們私底下也許都是了不得的口哨大師什麼的。他媽的誰知道？至少我不知道。

最後，薩麗大姊上樓來了，我就立刻下樓迎接她，她看起來真是漂亮極了。真的。她身穿一件黑大衣，頭戴一頂黑色法國帽。她平時很少戴帽子，但這頂法國帽戴在她頭上的確漂亮。好笑的是，我一看見她，簡直想跟她結婚了。我真是瘋了。我甚至都不怎麼喜歡她，可是突然間我竟覺得自己愛上她了，想跟她結婚了。我可以對天發誓我的確瘋了。我承認這一點。

「霍爾頓！見到你真是高興！我們好像有幾**世紀**沒見面啦！」你約她在哪裡見面時，她說話的聲音總是那麼響，很叫人不好意思。她因為長得他媽的實在漂亮，所以誰都會原諒她，可是我心裡總有點作嘔。

「我見到**妳**才高興呢！」我說的也是真心話。「總而言之，妳好嗎？」

「好得不能再好啦。我遲到了嗎？」

我對她說沒有，但事實上她遲到了大約十分鐘。我倒是一點也不介意。《星期六晚報》上所登的那些漫畫，一些在街頭等著的男人因為馬子來遲了，都氣得要命——這是騙人的。要是一個馬子跟你見面的時候看起來漂亮極了，誰還他媽的在乎她是不是遲到了？誰也不會在乎。「我們最好快走，表演在二點四十開始。」我們於是下樓向停計程車的地方走去。

「我們今天看什麼劇碼？」她說。

「我不知道。倫特夫婦演的。我只買到這個票。」

「倫特夫婦！哦，太好了！」

我已經跟你說過，她只要聽見是倫特夫婦演的，就會高興得連命都不要。

在去戲院的路上，我們在計程車裡胡鬧了一會兒。最初她不肯，因為她搽著口紅什麼的，但我真是他媽的猴急得要命，她簡直拿我沒辦法。有兩次，計程車在紅燈前突然停住，我都他媽的差點就從座位上摔了下來。這些混帳司機從來不注意自己的計程車在往哪兒開，我敢發誓他們從來不注意。現在，我再來告訴你我究竟瘋狂到什麼地步，當我們在這次熱烈的擁抱中清醒過來的時候，我竟對她說我愛她。這當然是謊話，不過問題是，我說的時候，**真的**是說真心話。我真的瘋了。我可以對天發誓我真的瘋了。

「哦，親愛的，我也愛你。」她說。接著她還一口氣往下說：「答應我把你的頭髮留起來。水手式的平頭已經不流行了。再說你的頭髮又那麼可愛。」

可愛個屁。

這齣劇碼倒不像我過去看過的某些表演那麼糟。可是也不怎麼好。故事講的是一對夫婦一生中大約五十萬年裡的事。開始時候他們都很年輕，女方父母不答應她跟那個小伙子結婚，但她最後還是跟他結婚了。接著他們的年紀越來越大。丈夫出征了，妻子有個弟弟是個酒鬼。我看了實在不感興趣。我是說我對他們家裡有人死了什麼的毫不關心。他們不過是一堆演員罷了。那丈夫和妻子倒是一對不錯的夫婦——很有點小聰明——可是我對他們並不太感興趣。特別是，他們在整場戲裡老是在喝著茶或者其他混帳玩意。你每次看見他們，總有個傭人端茶到他們面前，或是那妻子在倒茶給什麼人喝。還有戲裡不停有人進進出出——你光是看著人們坐下站起都會看得頭昏眼花。艾爾弗雷德·倫特和琳·封丹演那對夫婦，他們演得非常好，可是我不怎麼喜歡他們。不過憑良心說，他們的確是與眾不同。他們演得不逼真，也不做作。簡直很難解釋。他們演的時候，很像他們知道自己是名演員什麼的。我是說他們演得很好，不過他們演得太好了。比如說，他們一個剛說完話，另一個馬上又接著很快地說話。這是在學真實生活中人們說話時彼此打斷對方說話的情形。他們的表演藝術很有點像格林威治村的歐尼老兄彈鋼琴。你不管做什麼事，如果做得太好了，一不小心，就會在無意間賣弄起來。那樣的話，你就不再那麼好了。可是不管怎樣，戲裡就只有他們兩個——我是說倫特夫婦——看起來像是真正有頭腦的人。我得承認這一點。

演完第一幕，我們就跟其他那些傻瓜蛋一起出去抽菸。這真是個盛舉。你這輩子從未見過有這麼多的偽君子如此濟濟一堂，每個人都拚命抽菸，大聲談論那齣戲，讓別人都能聽見他們的聲音，知道他們有多麼了不起。有個傻里傻氣的電影演員站在我們附近抽菸。我不知道他的名字，但他老是在戰爭片裡擔任膽小鬼的角色。他跟一個很漂亮的金髮妞在一起，他們兩個都裝出很厭倦的樣子，好像甚至不知道周圍有人在看他們似的。真是謙虛得要命。我看了倒是十分開心。薩麗大姊除了誇獎倫特夫婦外，簡直很少說話，因為她正忙著伸長脖子東張西望，裝出一副迷人的樣子。接著她突然看見大廳另一頭有一個她認識的傻瓜蛋。那傢伙穿了套深灰色的法蘭絨西裝，一件格子背心，是個徹底的長春藤盟校學生。真了不起。他靠牆站著，只顧沒命地抽菸，一副百無聊賴的樣子。薩麗大姊不停地說：「我**認識**那男的。」不管你帶她去什麼地方，她總**認識**什麼人，或者她自以為認識什麼人。她說了又說，後來我厭煩透了，就對她說：「妳既然認識他，幹嘛不過去給他大大的一吻呢？他一定很高興。」她聽了這話很生氣。最後，那傻瓜蛋終於看見她了，就過來跟她打招呼。你真該看看他們打招呼時的樣子。你肯定以為他們有二十年沒見面了。你還會以為他們小時候都在一個澡盆裡洗澡什麼的，是一對老得不能再老的朋友。真叫人作嘔。好笑的是，他們也許只見過一面，在某個裝模作樣的舞會裡。最後，他們假客氣完了，薩麗大姊就給我們兩個介紹。他的名字叫喬治什麼的——我都記不得了——是安多佛大學的學生。真——真了不起。可惜你沒看見薩麗大姊問他喜不喜歡這齣戲時他的那副樣子。他正是那種假得不能再假的偽君子，回答別人問題的時候，還得給自己騰出地方來。他往後退了一步，正好一腳踩在一位站在他後面的太太的腳上。他大概把她的那幾根腳趾全踩斷了。他說那戲**本身**不怎麼樣，可是倫特夫婦，當然啦，完完全全是人間少有。**人間少有**。老天爺，人間少有。我聽了差點笑死。接著他和薩麗大姊聊起他們兩個都認識的許多熟人來。這是你一輩子從來沒聽到過的最裝模作樣的談話。他們以最快的速度不斷想出一些地方來，然後再想出一些住在那地方的人，說出他們的名字。等我回到座位上的時候，我都快要吐出來了。真的。接著，等到下一幕戲演完的時候，他們又**繼續**那令人厭煩的混帳談話，他們不斷想出更多的地方，說出住在那地方的更多人的名字。最糟糕的是，那傻瓜蛋有那種假極了的明星大學聲音，就是那種極其疲倦、極其勢利的聲音，那聲音聽起來簡直像個女人。他竟毫不**猶豫**地來當我們的電燈泡，那雜種。戲演完後，我一時還以為他要坐進混帳計程車跟我們一起走呢，因為他都跟著我們穿過了大約兩條街，不過他還得跟一堆偽君子碰頭喝酒去，他說。我百分之百想像得出他們怎樣坐在一個酒吧裡，穿著天殺的格子背心，用那種疲倦的、勢利的聲音評論著戲劇、書本和女人。真夭壽，那班傢伙。

聽那個裝模作樣的安多佛雜種講了大約十個鐘頭的話，最後跟薩麗大姊一起坐進計程車的時候，我簡直恨死她了。我已經準備好要送她回家——我的確準備好了——可是她說：「我有個很棒的主意！」她老是有什麼很棒的主意。「聽著，你什麼時候得回家吃晚飯？我是說你是不是急著要回家？你是不是得在規定的時間回家？」

「我？不。沒有限定時間。」我說，這話真是再實在不過了，好樣的。「幹嘛？」

「我們到無線電城冰場溜冰去吧！」她出的總是這一類的主意。

「到無線電城冰場去溜冰？妳是說馬上就去？」

「只是去溜一個鐘頭之類的。你想不想去？你要是不想去的話——」

「我沒說我不想去。我當然去。要是妳想去的話。」

「真的嗎？如果不是真的就別這麼**說**。我是說去也好不去也好，我都**無所謂**。」

她會無所謂才怪哩。

「那裡可以租到那種可愛的小溜冰裙，」薩麗大姊說。「珍妮特．古爾茲上星期就租了一條。」

這就是她這麼想去溜冰的原因。她想看看自己穿著那種只遮得住屁股的短裙時的樣子。

於是我們就去了，他們給我們溜冰鞋以後，還給薩麗一條只遮得住屁股的藍色短裙。她穿上以後，倒是真他媽的好看。我得承認這一點。你也別以為她自己不知道，她老是走在我前頭，好讓我看看她的小屁股有多可愛。那屁股看起來也的確可愛。我得承認這一點。

可是好笑的是，整個混帳溜冰場上就數我們兩個溜得最糟。我是說最糟。而溜冰場上也有幾個溜得真正棒的。薩麗大姊的腳踝卯起來往裡彎，差點都碰到了冰面上。這不僅看起來難看得要命，恐怕也痛得要命吧。我自己很有這個體會，我的腳踝痛得都要了我的命。我們的樣子大概很值得一看。更糟糕的是，至少有那麼一兩百人無事可做，都站在那裡伸長了脖子看熱鬧，看每個人摔倒了又爬起來。

「妳想不想進去找張桌子，喝點什麼？」我最後對她說。

「你今天一天就是這個主意最棒。」她說。

她簡直是在跟自己**拚命**。真是太殘忍了。我倒真有點替她難過。

我們脫下混帳冰鞋，進了那間酒吧，你可以只穿著襪子在裡面喝點什麼，看別人溜冰。我們一坐下，薩麗大姊就脫下手套，我則遞給她一支菸。她看起來不是很開心。服務生過來了，我替她要了杯可口可樂——她不喝酒——替我自己要了杯威士忌加蘇打，可是那婊子養的不肯賣酒給我，所以我也只好要了杯可口可樂。接著我劃起火柴來。我在某種心情下老愛玩這個。我讓火柴一直燒到手握不住為止，然後扔進菸灰缸。這是種神經質的習慣。

突然間，薩麗大姊天外飛來一筆說：「聽著。我得知道一下。在耶誕前夕你到底來不來我家幫我修剪耶誕樹？我得知道一下。」她大概是溜冰的時候弄痛了腳踝，氣還沒消。

「我已經寫信告訴妳說我要來。妳恐怕問過我二十遍了。我當然來。」

「我的意思是我得事先知道一下。」她說完，又開始在這個混帳房間裡東張西望起來。

突然間，我停止劃火柴，身體越過桌面靠她更近些。我腦子裡倒有不少話題。

「喂，薩麗。」我說。

「什麼？」她說。她正在看房間那頭的一個女生。

「妳有沒有覺得厭煩透頂過？我是說妳是否曾經覺得深怕一切事情會越來越糟，除非妳做點什麼？我是說妳喜不喜歡學校，以及一切的一切？」

「學校簡直**無聊**透了。」

「我是說妳是不是痛恨它？我知道它無聊透了，但妳是不是**痛恨**它？我要問的是這個。」

「呃，說不上**痛恨**。你總得……」

「呃，我痛恨它。好樣的，我才痛恨它哩。」我說。「不過不僅僅是學校。我痛恨一切。我痛恨住在紐約這地方。計程車、麥迪遜大道上的公共汽車，那些司機什麼的老是衝著你大吼，要你從後門下車；還有引介給一些裝模作樣的傢伙，說什麼倫特夫婦是人間少有；還有出門的時候得上上下下坐電梯；還有一天到晚得上布魯克斯讓人給你量褲子；還有人們老是……」

「別那麼大聲，拜託。」薩麗大姊說。這話實在好笑，因為我根本沒大聲。

「拿汽車來說吧，」我說，聲音極其平靜。「拿絕大多數人來說吧，他們都把汽車當寶貝看待。要是車上劃了一道，就心疼得要命；他們老是談一加侖汽油可以行駛多少英里；要是他們已經有了一輛嶄新的汽車，就馬上想到怎樣去換一輛更新的。我甚至都不喜歡汽車這東西。我是說我對汽車甚至都不感興趣。我寧可買一匹混帳馬。馬至少是動物，老天爺。對馬你至少能……」

「我搞不懂你在說些什麼，」薩麗大姊說。「你一下子談這，一下子……」

「妳知道嗎？我現在之所以還在紐約或是紐約附近，大概完全是為了妳。要不是妳在這裡，我大概不知道到他媽的什麼地方去了。在山林裡，或者在什麼混帳地方。我現在還在這裡，簡直完全是為了妳。」

「你真好。」她說。可是你看得出她很希望換個混帳話題。

「妳真應該到男校去念書試試看。哪天妳去試試看，裡面全是些偽君子。要你做的就是讀書，求學問，出人頭地，以便將來可以買輛混帳凱迪拉克；遇到橄欖球隊比賽輸了的時候，你還得裝出很在乎的樣子，你一天到晚做的，就是談女人、酒和性；再說人人還在搞下流的小團體，打籃球的一掛，天主教徒一掛，那幫混帳的書呆子一掛，打橋牌的一掛，連那些參加他媽的什麼混帳讀書會的傢伙也一掛。你要是聰明點……」

「噯，**聽我說**，」薩麗大姊說。「有不少男孩子在學校裡學到的東西不止你說的那些。」

「我同意！我同意有些人學到的不止那些！可是我就只能學到這一些。懂嗎？我說的就是他媽的這個意思，我簡直學什麼都學不成。我不是什麼好料。我是塊**朽木**。」

「你的確是。」

接著我突然想起了這麼個主意。

「聽著，我有個主意。我在格林威治村有個熟人，我們可以借他的汽車用一兩個星期。他過去跟我在一個學校念書，到現在還欠我十塊錢沒還。我們可以在明天早上開車到麻州和佛蒙特兜一圈，如何？那裡的風景美極了。真的。」我越想越興奮，不由得伸手過去，握住了薩麗大姊一隻天殺的手。我真是個混帳傻瓜蛋。「不是開玩笑的，我大約有一百八十塊錢存在銀行裡。早上銀行一開門，我就可以把錢領出來，然後我就去向那傢伙借汽車。不是開玩笑的。我們可以住在林中小屋裡，直到我們的錢用完為止。等到錢用完了，我可以在哪裡找個工作做，我們可以在溪邊什麼地方住著。過些日子我們還可以結婚。到冬天我可以親自出去打柴。老天爺，我們能過多美好的生活！妳覺得如何？說吧！妳覺得如何？妳願不願意跟我一起去？拜託！」

「你怎麼可以**做**這種事呢！」薩麗大姊說，聽她的口氣，真好像憋著一肚子氣。

「幹嘛不可以？他媽的幹嘛不可以？」

「別對我鬼吼鬼叫的，拜託。」她說。

她這當然是胡說八道，因為我根本沒對著她鬼吼鬼叫。

「為什麼不可以？為什麼？」

「因為不可以，就是這麼回事。第一，我們兩個簡直還都是**孩子**。再說，你想過沒有，萬一你把錢花光了，又找不到工作，到時你怎麼辦？我們都會活活**餓死**。這簡直是**異想天開**，連一點……」

「一點也不是異想天開，我能找到工作。別為這擔心。妳不必為這擔心。怎麼啦？妳是不是不願意跟我一起去？要是不願意去，就**說出來**好了。」

「不是願意不願意的問題。**完全**不是這個問題。」薩麗大姊說。我開始有點恨她了。「我們有的是時間做這種事……所有這一類的事情。我是說在你進大學以後，以及我倆真打算結婚的話，我們有的是好地方可以去。你還只是……」

「不，不會的。不會有那麼多地方可以去。到那時候情況就完全不一樣啦。」我說。我心裡又沮喪得要命了。

「什麼？我聽不清你的話。你一下子朝著我鬼叫，一下子又……」

「我說不，在我進大學以後，就不會有什麼好地方可以去了。妳仔細聽著。到那時候情況就完全不一樣啦。我們得拿著公事包之類的東西坐電梯下樓。我們得打電話給每個人，跟他們道別，還得從旅館裡寄明信片給他們。我得去坐辦公桌，賺很多錢，搭計程車或者麥迪遜大道上的公共汽車去上班，看報紙，天天打橋牌，上電影院，看很多混帳短片、廣告和新聞片。新聞片，我的老天爺。老是什麼天殺的賽馬啦，哪個太太小姐給一艘船行下水禮啦，還有一隻黑猩猩穿著褲子騎天殺的自行車啦。到那時候情況根本不會一樣了。妳一點也不明白我的意思。」

「也許我不明白！也許**你自己**也不明白。」薩麗大姊說。這時我們都恨起對方來了。你看得出跟她好好談個心簡直是浪費時間。我真他媽的懊悔自己不該跟她談起心來。

「喂，我們走吧，妳真是討人厭極了，我老實告訴妳。」

好樣的，我一說這話，她跳腳跳得都碰到屋頂了。我知道我不應該這樣說，換了平常時候我大概也不會這樣說，可是當時她實在惹得我心裡煩極了。平常我從來不跟馬子們說這種粗話。**好樣的**，她真跳腳跳得碰到屋頂了。我像瘋子似的直向她道歉，但她不肯接受。她甚至都氣哭了。我看了倒是有點害怕，因為我怕她回家告訴她父親，說我罵她討人厭。她父親是那種沉默寡言的大雜種，對我沒什麼好感。他曾經告訴薩麗大姊說我有點他媽的太胡鬧。

「不是開玩笑的，我真的很抱歉。」我不停對她說。

「你很抱歉。你很抱歉。真是笑話。」她說。她還在那兒哭，一時間我**真**有點懊悔自己不該跟她說那種話。

「來吧，我送妳回家吧。不是開玩笑的。」

「我可以自己回家，謝謝你。你要是以為我會讓**你**送我回家，那你一定是瘋了。我活到這麼大，從來沒有一個男孩子跟我說過這種話。」

你要是仔細想來，就會覺得整件事情確實很好笑，所以我突然做了件我很不應該做的事情。我放聲大笑起來，我的笑聲又響又傻。我是說我要是坐在自己背後看電影什麼的，我大概會彎下腰過去跟我自己說，拜託別笑啦。我這一笑，更把薩麗大姊氣瘋啦。

我等了一會兒，卯起來向她道歉，請她原諒我，可是她不肯。她口口聲聲叫我走開，別煩她。所以我最後也就照著她的話做了。我進去取出我的鞋子和別的東西，離開她獨自走了。我本來不應該這樣做的，可是我當時對一切的一切實在他媽的厭倦透了。

你如果要我說實話，那我可以告訴你，我也不知道我為什麼要跟她來這一套。我是說要和她一起到麻州和佛蒙特去什麼的。就算她答應和我去，我大概也不會帶她去。她不是那種值得我帶去的人。不過可怕的是，我要求帶她去的時候卻**真有**這個意思。就是這一點可怕。我可以對天發誓我真的是個瘋子。

18

從溜冰場出來，我覺得有點餓，就到咖啡館裡吃了一份起司三明治，喝了杯麥芽牛奶，然後走進電話亭。我本來想再打個電話給琴，問問她有沒有回家。我是說我整個晚上沒事，所以想打個電話給她，她要是已經回家了，就約她出來跳舞什麼的。我認識她那麼久了，可是從來沒跟她一起跳過舞。我倒是看她跳舞過一次，好像跳得很好。那次是在俱樂部裡舉行的國慶舞會，我當時跟她還不熟，覺得自己不應該過去當電燈泡。約她跳舞的是那個念喬艾特的爛貨亞爾．派克。我對他不怎麼了解，可是他整天泡在游泳池裡。他穿了條永久牌之類的白色游泳褲，老是在最高的跳板上跳水。他整天跳的都是同一種蹩腳的倒栽蔥姿勢。他就只能跳這一種，可是他自以為非常了不起。這個人四肢發達，頭腦簡單。總而言之，那天晚上約琴出來的就是這麼個人。我實在沒辦法理解，我發誓我沒辦法理解。我跟琴比較熟了以後，就問她怎麼會跟亞爾．派克這種喜歡賣弄的雜種約會。琴說他並不喜歡賣弄。她說他有自卑感。看她的樣子好像有點同情他，而她也絕不是在裝模作樣。她真是這個意思。女孩子就是這點好笑。遇到那種十足的雜種——十分卑鄙，或者十分自大——你每次只要一跟馬子們提起，她們就會說他有自卑感。也許他**確實有**自卑感，可是在我看來這也不能構成他不成為雜種的理由。女人，你永遠不知道她們在想什麼。有一次我介紹羅貝塔．華爾西的室友跟我一個朋友約會。他的名字叫鮑伯．羅賓遜，他倒**真是有**自卑感。你看得出他很為自己的父母難為情，因為他們說話土裡土氣的，而且並不怎麼有錢。但他不是個雜種。他是個滿不錯的傢伙。不過羅貝塔的室友一點也不喜歡他。她告訴羅貝塔說他十分自大——而她之所以認為他自大，卻是因為他偶然跟她提起自己是辯論會的負責人，就是那麼件小事，她就認為他自大！女孩子的問題是，她們要是喜歡什麼人，不管他是個多下流的雜種，她們總要說他有自卑感；要是她們**不**喜歡他，那麼不管他是個多好的傢伙，或者他有多大的自卑感，她們都會說他自大。連聰明的女孩也免不了。

總而言之，我又給琴打了個電話，但沒人來接，我只好把電話掛了。接著我不得不拿出通訊錄來翻，看看他媽的今天晚上能找到什麼人。不過問題是，我的筆記本裡總共只有三個人的資料。一個是琴，一個是安多里尼先生，是我在愛爾敦．希爾斯念書時教我的老師，還有個我父親辦公室的電話號碼。我老是忘記要把人們的名字寫下來，所以最後只好打電話給卡爾．路斯老兄。他是胡敦中學畢業的，在我離開之後畢業。他的年紀比我大三歲左右，我沒有很喜歡他，可是他十分聰明——是胡敦全校學生中智商最高的一個——我想他也許能跟我一起在外面吃晚飯，談一些比較有意思的話。他有時候很能啟發人。因此我給他打了個電話。他進了哥倫比亞大學，住在第六十五大街，我知道這時候他大概在家。我跟他通話的時候，他說他不能跟我一起吃晚飯，可是他要我十點鐘在第五十四大街的維格酒吧等他，一起喝一杯。我猜他接到我的電話大概很吃驚。我過去曾罵他是個大屁股的偽君子。

在十點以前還有不少時間要消磨，所以我就到無線電城去看電影。這大概是我當時能做的最糟糕的事，可是那地方近，我一時又想不出有別的什麼事可做。

我進去的時候，正在表演混帳舞臺節目。羅凱特姊妹們正在拚命地跳，她們排成一排，互相摟著彼此的腰。觀眾像瘋子似的鼓著掌，我背後有個傢伙不停地對他妻子說：「妳知道這是什麼嗎？這是精確。」真夭壽。繼羅凱特姊妹之後，一個穿著無尾禮服和一雙四輪溜冰鞋的傢伙出來表演，他在一堆小桌子底下鑽來鑽去，一邊還說著笑話。他溜得倒是非常好，可是我並不怎麼欣賞，因為我腦子裡老是想像著他怎樣日夜苦練，為了將來在舞臺上表演。這在我看來簡直傻得要命。我猜我當時的心情確實不對。他之後，是無線電城每年上演的耶誕節目。所有那些天使開始從包廂和其他各處出來，手裡拿著十字架什麼的，那麼整整一大群——**成千上萬個**——全都像瘋子似的唱著「你們這些信徒，大家一起來吧」——！真是了不起。這排場本來應該是要表現出虔誠的信仰，我知道，同時也是要好看，可是我實在看不出有什麼虔誠或好看的地方，老天爺，像這樣讓一群演員拿著十字架滿舞臺轉。等他們表演完畢重新走出包廂的時候，你都看得出他們等不及要回去抽菸了。去年我跟薩麗．海斯大姊也來看過一次，她不停地稱讚，說服裝什麼的都美極了。我說耶穌他老兄要是能親眼看見，肯定作嘔——見了所有這些時髦服裝什麼的。薩麗說我是褻瀆神明的無神論者。我大概是這麼個人。耶穌有可能會**發自內心**喜歡的恐怕是樂隊裡那個打鼓的傢伙。我從大約八歲起就看他表演了。我弟弟艾利和我要是跟我們爸媽一起出來，我們兩個往往特地換了座位，到前面去看他打鼓。他是我生平見過最好的鼓手。整個演出當中他只有機會敲一兩次鼓，可是他沒事做的時候從來不露出無聊的神色。等到他敲鼓的時候，他敲得那麼好，那麼動聽，臉上還有緊張的表情。有一次我們跟父親一起到華盛頓去的時候，艾利還寄給他一張明信片，但我敢打賭他一直沒收到。我們那時都還不知道怎樣寫地址呢。

耶誕節目演完後，混帳電影開始了。那電影爛到讓我目不轉睛的地步。故事講的是個英國佬，叫艾力克什麼的，參加了戰爭，在醫院裡喪失了記憶。他從醫院裡出來，拄著一根枴杖，一瘸一拐地在倫敦到處跑，不知道他媽的自己是誰。他其實是個公爵，可是他自己不知道。後來他遇到那個可愛、溫柔、真摯的妹，她正要上公共汽車，頭上那頂混帳帽子被風吹掉了，他去幫她撿來，他們於是一起到汽車頂層上坐下，談起狄更斯來。他們兩個都喜歡這個作家。他身邊帶了一本《孤雛淚》，她正好也帶了一本。我差點沒吐出來。

總而言之，他們倆就這樣一見鍾情了，就因為彼此都是熱愛狄更斯作品的瘋子。他還幫她做出版生意。那個妹是個出版商，只是她的生意並不怎麼興隆，因為她哥哥是個酒鬼，把她賺的錢花光了。他是個可憐的傢伙，她那個哥哥；戰時他是個軍醫，神經打傷了，不能再開刀動手術了，就一天到晚喝酒，可是他人倒是十分詼諧有趣。總而言之，後來艾力克老兄寫了一本書，那個妹把它出版了，兩個都賺了不少錢。他們都準備好要結婚了，那另一個妹，叫什麼瑪霞的，突然出現了。瑪霞原是艾力克失去記憶之前的未婚妻，艾力克在書店裡簽名的時候被她看見了。她認出他來，就跟他說他本來是個公爵什麼的，可是他不信她的話，也不願跟她回去看他母親什麼的。他母親的眼睛瞎得跟蝙蝠似的。可是另外那個妹，那個可愛溫柔的妹，卻要他回去。她的心地十分高尚。他於是回去了。可是儘管他的那隻大麥町朝著他又蹦又跳，他母親用手指頭在他臉上到處撫摸，還拿出他小時候愛玩的玩具熊給他看，他仍舊沒恢復記憶。後來有一天幾個小孩在草地上打棒球，一球打在他腦袋上。他立刻恢復了他的混帳記憶，進去吻他母親的前額什麼的。他於是依舊當起公爵來，把那個做出版生意的溫柔姑娘完全拋諸腦後。我很願意把接下來的故事說完，可是這樣一來我非真正吐出來不可。倒不是我會把故事**糟蹋**掉，那故事根本沒什麼可供你**糟蹋**的，我的老天爺。總而言之，反正最後艾力克跟那個溫柔的姑娘結婚了，接著那酒鬼哥哥的神經恢復了正常，給艾力克的母親動了手術，使她依舊看得見東西，接著那個酒鬼哥哥和瑪霞大姊成了眷屬。最後一幕是大家坐在長長的晚飯桌上，看見那隻大麥町帶著一堆小狗進來，個個笑得命都不要了。或許大家都以為牠原本是隻公狗呢，我猜，或者諸如此類的混帳玩意。我能說的只有一句話：你要是不想吐得自己全身都是，就別去看這電影。

最讓我受不了的是旁邊還坐著位太太，在整個混帳電影放映時哭個不停。越是裝模作樣的地方她哭得越凶。你也許以為她這樣做是因為她心腸軟得要命，但我正好坐在她旁邊，看出她並不是軟心腸。她帶著個小孩子，他早已看不下去，又想上廁所。她不停地叫他規規矩矩坐著。她的心腸軟得就跟他媽的野狼差不多。那些在電影裡看到什麼裝模作樣的玩意兒就會把他們的混帳眼珠子哭出來的人，十個有九個骨子裡都是卑鄙的雜種。我不是開玩笑的。

看完電影，我就徒步向維格酒吧走去，我跟卡爾．路斯老兄約好在那裡碰面。我一邊走，一邊卻想起戰爭來。那些戰爭片老引起我胡思亂想。我覺得自己要是被徵召去當兵，恐怕會受不了。我真的會受不了。要是他們只是讓你去送死什麼的，倒也不太壞，問題是你得在**軍隊**裡待他媽的那麼久。這是最大的問題。我哥哥D.B.在軍隊裡待了他媽的四年。他也參戰過——還參加了進攻歐洲大陸什麼的——可是我真覺得他痛恨軍隊比痛恨戰爭還厲害。我那時年紀還很小，可是我記得他每次休假回來，簡直是躺在床上不起來。他甚至連客廳都不去。後來他到海外參戰，身上沒受過什麼傷，也不用開槍打人。他只是駕著一輛指揮車載一個牛仔將軍整天晃來晃去。他有一次跟艾利和我說，他要是得開槍打人，都不知道應該朝哪個方向打。他說他待的軍隊簡直跟納粹軍隊一樣，全是些雜種。我記得艾利有一次問他參戰對他有沒有好處，因為他是個作家，戰爭可以為他提供不少材料。他叫艾利去把那隻壘球手套拿來，然後他問艾利，誰是最好的戰爭詩人，是魯派特・布魯克還是艾蜜莉・狄更生？艾利說是艾蜜莉・狄更生。我自己讀詩不多，不太懂得他們的意思，但我卻清楚地**懂得**我自己要是被徵召去當兵，一天到晚跟一堆像阿克萊、史泰德賴塔和毛里斯老兄之類的傢伙混在一起，跟他們一起去行軍什麼的，那我非發瘋不可。我有一次在童子軍裡待了那麼一個星期，我甚至都沒法老望著我前面那個傢伙的後腦勺。他們老是叫你望著你前面那個傢伙的後腦勺，我實在受不了。我發誓如果再發生一次戰爭，他們不如乾脆把我送去放在行刑隊跟前槍決算了。我絕不反對。我對D.B.有一點不很了解，他那麼痛恨戰爭，卻在今年夏天給我讀《戰地春夢》這樣的小說。他說這本書寫得好極了。就是這一點我不能理解。小說裡有個叫作亨利少尉的傢伙，大概算是個好人吧。我實在不了解D.B.一方面那麼痛恨軍隊和戰爭，一方面卻能喜歡這樣一個裝模作樣的人。我的意思是，比方說，我不了解他怎麼能一方面喜歡這樣一本裝模作樣的小說，一方面卻又能喜歡林・拉德納的那本小說，或者另外那本他最最喜歡的小說——《大亨小傳》。我這麼一說，

D.B.聽了很生氣，說我年紀太小，還欣賞不了那樣的書，但我不同意他的看法。我告訴他說我喜歡林．拉德納和《大亨小傳》這一類的書。我的確喜歡。我最最喜歡的是《大亨小傳》。蓋茲比老兄。可愛的傢伙。我喜歡他極了。總而言之，不管怎樣，我們發明了原子彈這事倒讓我頗高興。要是再發生一次戰爭，我打算他媽的乾脆坐在原子彈頭上。我願意第一個報名，我可以對天發誓，我願意這樣做。

19

你或許不住在紐約，所以我來說給你聽，維格酒吧是在那個叫作薩敦飯店的高級旅館裡。我以前常去，現在不去了。我慢慢地改掉了這習慣。這是個十分浮華的場所，那班偽君子之流的裝模作樣人物擠得簡直都要爬窗進去。他們一向雇那兩個法國妞，蒂娜和珍妮，一個晚上出來彈鋼琴唱歌三次，她們兩個一個彈鋼琴——彈得真是糟糕透頂——另一個唱歌，唱的不是下流歌曲就是法國歌曲。那個唱歌的珍妮大姊在唱歌之前老是在擴音器裡耳語一通。她會這樣說：「我們現在唱一首〈你要法國妞嗎？〉，講的是一個法國小姑娘來到了一個像紐約這樣的大城市，愛上了一個來自布魯克林的小伙子。希望各位喜歡這首歌。」說完，她就裝腔作勢，唱起一首混帳歌來，一半用英文一半用法文，聽得在場那些裝模作樣的男女高興得都快瘋了。你要是在那裡多坐些時候，老聽著所有那些裝模作樣的男女鼓掌什麼的，你肯定會痛恨起世界上的每一個人來，我發誓你一定會。酒吧裡那個掌櫃的也下流得很。他是個勢利鬼。他簡直不怎麼理人，除非你是個大亨或者名人或者類似的人物。可是你萬一真是個大亨或者名人或者類似的人物，那麼他的所作所為還要更令人作嘔。他會滿臉堆著可愛的笑容走過來跟你說話，好像他是個他媽的討人喜歡的人物似的。「嗯！康乃迪克的情況怎樣啦」或者「佛羅里達的情況怎麼樣啦」。這真是個可怕的場所，我不是開玩笑的。我越來越少去，後來根本就不去了。

我到那裡的時間還早，就在吧檯邊坐下——酒吧裡擠得很——在路斯老兄沒來之前先喝兩杯摻蘇打水的威士忌。我要酒的時候，還特地站起來，讓他們看看我的身材有多高，免得他們懷疑我是個未成年的混帳娃娃。這之後，我就觀察一會兒那些裝模作樣的男女。我旁邊的一個傢伙正在用甜言蜜語卯起來哄騙跟他在一起的妹。他口口聲聲說她的那雙手很像貴族。真夭壽。吧臺的另一頭坐的全是些同性戀。他們的外貌看起來倒不太像那樣的人——我是說他們的頭髮並不會太長，或有什麼諸如此類的模樣——但你總看得出他們是同性戀。最後路斯老兄來了。

路斯老兄，好一號人物。我在胡敦念書的時候，他本來應該是我的輔導員。可是他只做一件事，就是夜深人靜的時候在他的房間裡聚集一伙人大談性這檔事。他對這檔事頗有研究，特別是性變態者之類的。他總是跟我們講有很多怪胎愛跟羊嘿咻的事情，還有某些傢伙愛把女人的褲子當作襯裡縫在自己的帽子上。還有男同性戀和女同性戀。路斯老兄知道全美國的每一位同男同女，只要你提出一個人的名字——**任何**一個人的名字——路斯老兄就會告訴你他是不是同性戀。有時候你簡直很難相信，他把那些電影明星之流的男女都說成是同性戀。有幾個據他說是同性戀的男人甚至都結了婚，我的老天爺。你問他：「你說喬·勃羅是個同性戀？喬·勃羅？那個總是在電影裡演流氓和牛仔的又魁梧又神氣的傢伙？」路斯老兄就會說：「當然啦。」他老是說「當然啦」。他說就這件事而言結婚不結婚無關緊要。他說世界上有一半結了婚的男子都是同性戀，可是他們自己不知道。他還說只要你有那跡象，簡直一夜之間就可以變成一個同性戀。他常常把我們嚇得魂不附體，我就一直等著自己突然變成一個同性戀。說起路斯老兄來，有一點倒是很好笑，我心裡老懷疑他本人就是同性戀。他老是說：「考慮一下嘛！」你在走廊上走著的時候，他會冒出來狠狠摸你屁股一把。還有，每當他去撇尿的時候，他老是不關那混帳廁所門。當你在刷牙或幹嘛的時候，他則會在旁邊跟你說話。這種種表現就是同性戀的跡象。真的。我在學校裡認識一些同性戀，他們就老是這樣，所以我不免要疑心起路斯老兄來。不過他的確很聰明。真的。

他跟你見面的時候從來不跟你打招呼。他來了以後一坐下，劈頭就說他只能跟我一起待幾分鐘。他說約了一個妹。然後他要了不甜的馬丁尼。他跟酒保說要一點都不甜，也不要橄欖。

「喂，我幫你找了個同性戀，」我對他說，「就坐在吧檯那頭。現在先別看。我是特地保留著讓你好好欣賞的。」

「你的笑話很冷，還是同一個考爾菲德。你什麼時候才能長大？」

我讓他覺得很無聊。我真的讓他覺得很無聊。不過他卻逗得我很開心。他這種人的確能逗得我十分開心。

「你的性生活怎樣？」我問他。他最恨你問他這種問題。

「別著急，你先靠在椅子上放鬆一下，老天爺。」

「我早就放鬆了。哥倫比亞大學怎樣？你喜歡嗎？」

「我當然喜歡。我要是不喜歡，就不會去念。」他說。他這人有時候也很無聊。

「你主修什麼？」我問他。「性變態嗎？」我是存心逗他玩。

「你這算什麼——幽默嗎？」

「不，我跟你逗著玩呢。聽著，喂，路斯。你是個聰明人。我需要你的忠告。我目前遇到了可怕的……」

他衝著我重重地呻吟了一聲。「**聽著**，考爾菲德。你要是能坐在這裡好好喝一下子酒，**好好**談一下子……」

「好吧，好吧，別著急。」你看得出他不想跟我討論任何嚴肅的問題。那幫聰明人就是這個毛病。他們從來不肯跟你討論任何嚴肅的問題，除非是他們自己想談，因此我就只跟他討論些一般的問題。「不跟你開玩笑，你的性生活怎樣？」我問他。「你還跟你在胡敦念書時候的那個妹在一起嗎？那個很可愛的……」

「老天爺，才沒有。」他說。

「怎麼啦？她出了什麼事啦？」

「我一點也不知道。你既然問起，就我所知，我想她現在大概在新漢普夏當婊子啦。」

「這樣說不好。既然她過去跟你好到成天讓你跟她嘿咻，你至少不應該這麼說她。」

「哦，天哪！」路斯老兄說。

「難道這是一次標準的考爾菲德式論壇嗎？我馬上要知道。」

「不，不過你這樣說總不太好。要是她過去跟你好到成天讓你……」

「難道我們非繼續這個可怕的話題不成？」

我不再說下去了。我有點怕他站起來離開我，要是我不住嘴的話。所以我什麼話也沒說，只是又要了一杯酒，我很想喝個爛醉。「你現在跟誰在一起？」我問他。「你願意告訴我嗎？」

「你不認識。」

「是嗎，不過到底是誰呢？我也許認得。」

「一個住在格林威治村的妹。女雕刻家。你要是非知道不可的話。」

「是嗎？不是開玩笑的？她多大啦？」

「我從來沒**問**過她，老天爺。」

「嗯，大概有多大啦？」

「我想她都快四十了。」路斯老兄說。

「都快**四十**了？嗯？你喜歡？」我問他。「你喜歡年紀這麼大的女人？」我之所以這樣問他，是因為他的性知識的確非常豐富。我認識的真正有性知識的人並不多，但他確實是其中的一個。他早在十四歲的時候就嘗了禁果，在南塔基特。真的。

「我喜歡成熟的女人，要是你問的是這個意思的話。當然啦。」

「你喜歡？為什麼？不是開玩笑的，她們在性方面是不是更好一些？」

「聽著。我們把話說清楚。今天晚上我拒絕回答任何一個標準的考爾菲德式問題。你他媽的到底什麼時候才能長大？」

我有一段時間沒再說話。我讓我們的談話中斷了一陣子。接著路斯老兄又要了杯馬丁尼，還叫酒保再去掉一點甜味。

「聽著，你跟她在一起有多久啦，這個會雕刻的寶貝？」我問他。我真是感興趣極了。「你在胡敦的時候認識她嗎？」

「不認識。她到這個國家才幾個月哩。」

「真的嗎？她是哪來的？」

「好像是上海來的。」

「別開玩笑！她是**中國人**，老天爺？」

「當然。」

「別開玩笑！你喜歡嗎？像她這樣的中國女人？」

「當然。」

「為什麼？我很想知道——我的確想知道。」

「我只是偶然發現東方哲學比西方哲學更有道理。你既然問了。」

「真的嗎？你說『哲學』是什麼意思？你的意思是不是包括性一類問題？你是說中國的更好？你是這個意思嗎？」

「不一定是**中國**，老天爺。我剛才說的是東方。我們非得繼續這場愚蠢的談話不可嗎？」

「聽著，我是很認真的，不是開玩笑的。為什麼東方的更好？」

「說來話長，老天爺，」路斯老兄說。「他們只是把性看成是肉體和精神的雙重關係。你要是以為我……」

「我也一樣！我也把它看成——你怎麼說的——是肉體和精神的雙重關係。我的確是這樣看的。可是關鍵在於跟我發生關係的是他媽的怎樣的人。要是跟我發生關係的是那種我甚至都不……」

「別這麼**大聲**，老天爺，考爾菲德。你要是不能把你的聲音放低些，那我們乾脆就別……」

「好吧，可是聽我說，」我說。我越說越興奮，聲音就未免大了一點。有時候我心裡一興奮，講話的聲音就大了。「可是我說的是這個意思，我知道那種關係應該是肉體和精神的，而且也應該是藝術的。可是我的意思是，你不能跟**人人**都這樣——跟每一個和你摟摟抱抱的妹——跟她們都來這一手。你說對嗎？」

「我們別談了，」路斯老兄說。「你不介意吧？」

「好吧，可是聽我說。就拿你和那個中國女人來說，你們倆的關係好在什麼地方？」

「**別談了**，我已經說過啦。」

我問的都有點涉及個人隱私了。我明白。可是路斯老兄就是這些地方讓你覺得不痛快。我在胡敦的時候，他會叫你把你自己最最隱祕的事情描述給他聽，可是你只要一問起有關他私人的事情，他就會生起氣來。這幫聰明人就是這樣，如果不是他們自己在發號施令，就不高興跟你進行一場有意思的談話。他們自己一住嘴，也就要你住嘴，他們一回到他們自己的房間，也就要你回到你自己的房間。我在胡敦的時候，路斯老兄一向痛恨這樣的事——那就是他在他房間裡對我們一伙人談完性這檔事後，我們卻還聚集在一起繼續聊一會兒天。我是說我跟另外那些傢伙。在別人的房間裡。路斯老兄痛恨這種事。他只喜歡自己一個人坐大，等他把話說完，就希望每個人都回到自己的房間裡不再言語。他最害怕的，就是怕有人說出來的話比他高明。他的確讓我覺得很有意思。

「我也許要到中國去。我的性生活糟糕得很呢。」我說。

「當然，你的思想還沒成熟。」

「沒錯。一點都沒錯。我自己也知道。你知道我的毛病在哪裡嗎？跟一個我並不太喜歡的馬子在一起，我始終沒有真正的性欲——我是說**真正的**性欲。我是說我得先喜歡她。要是不喜歡，我簡直對她連一點點混帳欲望都沒有。好樣的，我的性生活真是糟糕得可怕，我的性生活真是一塌糊塗。」

「這是最自然不過的啦，老天爺。我上次跟你見面的時候就跟你說過你該怎麼辦。」

「你是說去找心理醫生？」我說。

他上次告訴我該做的是這個。他父親就是個心理醫生。

「那完全由你自己決定，老天爺。你怎樣處理你自己的私生活，那完全不是我他媽的事。」

我一時沒吭聲，我在思索。

「我要是去找你父親做心理治療，他會拿我怎麼辦呢？我是說他會對我做什麼呢？」

「他不會對你做什麼，他只是跟你談話，你也跟他談話，老天爺。有一點他會幫你做到，他會讓你認識自己的思考模式。」

「我自己的什麼？」

「你自己的思考模式。你的思想按照——聽著，我不是在教精神分析學的基礎課。你要是有興趣，打電話跟他約個時間。要是沒有興趣，就別打電話。我一點也不在乎，老實說。」

我把一隻手搭在他的肩上。好樣的，他真有意思。

「你真是個夠朋友的雜種，」我對他說。「你知道嗎？」

他正在看手錶。「我得走了，」他說著站了起來。

「見到你真高興。」他把酒保叫來，要他結帳。

「喂，」我在他離開之前說。「你父親給你做過精神分析沒有？」

「我？你問這幹什麼？」

「沒什麼。他給你做過沒有？有沒有？」

「說不上分析。他幫助我糾正某些地方，可是沒必要做一次全面的精神分析。你問這幹什麼？」

「沒什麼。只是一時想起。」

「呃。別為這種事傷腦筋。」他說。他把小費之類的留下，準備走了。

「再喝一杯吧。」我跟他說。「拜託啦。我寂寞得要命。不是開玩笑的。」他說沒辦法再喝一杯。他說他已經遲了，說完他就走了。

路斯老兄。他確實非常討人厭，但他的語彙確實豐富。我在胡敦的時候，全校學生就數他的語彙最豐富。他們幫我們做過一次測驗。

20

我坐在那裡越喝越醉，等著蒂娜和珍妮大姊出來表演節目，可是她們不在。一個一頭鬈髮、樣子像同性戀的傢伙出來彈鋼琴，接著是一個新來的小妞，叫瓦倫西婭的，出來唱歌。她唱得並不好，可是強過蒂娜和珍妮大姊，至少她唱的都是好歌。鋼琴就放在我坐的吧臺旁邊，瓦倫西婭大姊簡直就站在我身旁。我不斷跟她眉來眼去，可是她假裝連看都沒看見我。在平時我大概不會這麼做，可是我當時喝得非常醉了。她唱完歌，馬上就走出房間，我甚至來不及邀請她跟我一起喝一杯，所以我只好把服務生領班叫來。我叫他去問問瓦倫西婭，是不是願意來跟我一起喝一杯。他答應了，可是他大概連話都不會傳到。這些傢伙是從來不給人傳話的。

好樣的，我在那個混帳酒吧裡一直坐到一點鐘左右，醉得很厲害。我連前面是什麼都看不清楚了。不過有件事我很注意，我小心得要命，一點也沒讓自己發酒瘋什麼的。我不願引起任何人的注意，讓人問起我的年紀。可是，好樣的，我連前面是什麼都看不清楚了。我只要**真正**喝醉了酒，就會重新幻想起自己胸口中了顆子彈的傻事來。酒吧裡就我一個人胸口中了顆子彈。我不停把手放到夾克裡面，捂著肚皮，不讓血流得滿地都是，我不願意讓人知道我已受了傷。我在努力掩飾，不讓人知道我是個受了傷的婊子養的。最後我忽然靈機一動，想打個電話給琴，看看她是不是回家了。因此我付了帳，走出酒吧去打電話。我老是伸手到夾克裡邊，不讓血流出來。好樣的，我真的醉啦。

可是我一走進電話亭，就沒有心情打電話給琴。我實在醉得太厲害了，我想。因此我只是給薩麗．海斯大姊打了個電話。

我得撥那麼二十次才撥對號碼。好樣的，我的眼睛真的瞎啦。

「哈囉！」有人來接混帳電話的時候我就這樣說。我幾乎是在大聲吆喝，我醉得多厲害啊。

「誰呀？」一位太太用非常冷淡的聲音說。

「是我。霍爾頓．考爾菲德。請叫薩麗來接電話，麻煩妳了。」

「薩麗**睡啦**。我是薩麗的奶奶。你幹嘛這麼晚打電話來，霍爾頓？你知道現在幾點啦？」

「知道。我有話跟薩麗說。很急。請她來接一下電話。」

「薩麗**睡啦**，小伙子。明天再打來吧。再見。」

「叫醒她！叫醒她，喂。拜託。」

接著是另一個聲音說話。「霍爾頓，是我。」正是薩麗大姊。「怎麼回事？」

「薩麗？是妳嗎？」

「是的——別鬼叫。你喝醉了嗎？」

「是的。聽著。聽著，喂。我在耶誕前夕去你家。行嗎？幫妳修剪混帳耶誕樹。行嗎？行嗎？喂，薩麗？」

「行。你喝醉了。快去睡吧。你在哪裡？有誰跟你在一起？」

「薩麗！我去妳家幫妳修剪耶誕樹，行嗎？行嗎，喂？」

「**行**。快去睡吧。你在哪裡？有誰跟你在一起？」

「沒有人。我，我跟我自己。」好樣的，我真的醉啦！我依舊一隻手捂著胸口。

「他們拿槍打了我。洛基的那幫人拿槍打了我。妳知道嗎？薩麗，妳知道不知道？」

「我聽不清你的話。快去睡吧。我得閃了。明天再打給我吧。」

「喂，薩麗！妳要我來幫妳修剪耶誕樹嗎？妳要我來嗎？**喂**？」

「好的。再見吧。快回家睡覺去。」她把電話掛了。

「再見。再見，薩麗好孩子。薩麗心肝寶貝。」我說。你能想像我醉得有多厲害嗎？接著我也把電話掛了。我猜想她大概跟人約完會剛回家。我想像她跟倫特夫婦一起出去了，還有那個安多佛的傻瓜蛋。他們全在一壺混帳的茶裡游泳，彼此說著一些裝腔作勢的話，做出一副裝模作樣的迷人樣子。我真希望剛才沒打電話給她。我只要一喝醉酒，簡直是個瘋子。

我在那個混帳電話亭裡待了好一會兒。我拚命抱住電話機，不讓自己醉倒在地。說實話，我當時並不怎麼好過。可是最後，我終於像個白癡似的跌跌撞撞走了出來，進了男廁所，在洗手臺裡放滿了涼水。然後我把頭浸在水裡，一直浸到耳朵旁邊。我甚至沒把頭擦乾，任由這個婊子養的去直淌水。接著我走到窗邊的電暖器旁，一屁股坐在上面。這地方真是又暖和又舒服。我坐著特別覺得舒服，因為我這時已經冷得直發抖。說來好笑，我只要一喝醉酒，就會直發抖。

我沒事可做，就一直在電暖器上坐著，數地板上那些白色的小方塊。我身上漸漸濕透了。大約有一加侖水從我脖子上流下來，流到我的衣領和領帶上，可是我毫不在乎。我醉得太厲害了，對什麼都毫不在乎。接著過不一會兒，那個幫瓦倫西婭大姊彈鋼琴伴奏的，就是那個一頭鬈髮、樣子非常像同性戀的傢伙，進來梳他的金頭髮了。他梳頭的時候，我們兩個就閒聊起來，只是他這傢伙並不他媽的太友善。

「喂。你回到酒吧去的時候，會見到那個瓦倫西婭小寶貝嗎？」我問他。

「非常可能。」他說。俏皮的雜種。我遇到的，全是些俏皮的雜種。

「聽著，代我向她問好。問她一聲，那個混帳服務生有沒有把我的話帶到，行不行？」

「你幹嘛不回家去，小鬼？你到底多大啦，嗯？」

「八十六歲。聽著。代我向她問好。行嗎？」

「你幹嘛不回家去呢，小鬼？」

「我才不呢。好樣的，你的鋼琴彈得真他媽的好。」我對他說。我只是拍拍他馬屁。其實他的鋼琴彈得糟糕透了，我老實跟你說。「你真應該到電臺上廣播，像你長得那麼帥，還有一頭混帳金頭髮。你需要經紀人嗎？」

「回家吧，孩子，好好回家睡覺去。」

「無家可歸啦，不是開玩笑的——你需要個經紀人嗎？」

他沒有回答我，自顧自走了出去。他把頭髮梳了又梳，拍了又拍，梳好以後就自顧自走了。就跟史泰德賴塔一樣。所有這些長得帥的傢伙全數一個樣。他們只要一梳完他們的混帳頭髮，就理都不理你，自顧自走了。

我最後從電暖器上下來，向外面的寄物處走去，我那時都哭出來了。我不知道為什麼哭，但我的確哭出來了。我猜那是因為我覺得他媽的那麼沮喪，那麼寂寞。接著我到了寄物處，卻怎麼也找不著我那混帳號碼牌了。可是那個管衣帽的妹十分和氣，她照樣把我的大衣給了我。還有那張《小小雪麗．賓斯》的唱片——我依舊帶在身邊。我見她那麼和氣，就給了她一塊錢，可是她不肯收。她忙不迭地叫我回家睡覺去。我想等她工作完畢後約她出去玩，可是她不答應。她說她的年紀大得都可以當我媽了。我把我的混帳白頭髮給她看，跟她說我已經四十二歲啦——我只是逗她玩，當然啦。她倒是滿和氣的。我把我那頂混帳紅色獵人帽拿出來給她看，她看了很喜歡，還叫我出去之前把帽子戴上，因為我的頭髮濕得厲害。她這人真是不錯。

我出去到了外面，酒就醒了大半，可是外面的天氣冷得厲害，我的牙齒開始上下打起顫來，怎麼也止不住。我一直走到麥迪遜大道，在那裡等公車，因為我剩下的錢已經不多。我得省點用，少搭計程車什麼的。可是我實在不想搭混帳公車。再說，我也不知道往哪兒去好，所以我信步往中央公園那裡走去。我猜想我也許可以到那個小湖邊去看看那些鴨子到底在幹什麼，看看牠們到底還在不在湖裡。我依舊無法確定牠們在不在湖裡。公園相距不遠，我也沒有什麼別的地方可去——我甚至都不知道去哪兒睡覺哩。我一點也不覺得睏或者累，我只覺得沮喪得要命。

接著在我進公園的時候，發生了一件可怕的事。我把菲比老妹的唱片掉到地上了，碎成了大約五十片。那唱片包在一個大封套裡，可是照樣跌得粉碎。我心裡真是難過得要命，真他媽差點哭出來了，可是我當時所做的，卻是把碎片從封套裡取出來，放進我的大衣口袋。這些碎片一點用處都沒有了，可是我並不想隨便扔掉。接著我進了公園，好樣的，公園裡可真黑。

我在紐約住了整整一輩子，小時候一直在中央公園溜冰、騎自行車，所以我對中央公園熟悉得就像自己的手背一樣，可是那天晚上我費了非常非常大的勁才把那淺水湖找到。我**知道**它在什麼地方——就在中央公園南面——可是我怎麼也找不到。我當時醉得一定要比自己想像的厲害得多。我越往前走，四周也越黑、越陰森可怕。我在公園的整段時間裡，一直沒見到一個人影。這倒讓我很高興，要是我遇到了什麼人，肯定會嚇得跳到一英里以外。可是最後，我終於找到了那淺水湖。那湖有一部分結凍了，一部分沒結凍，不過到處都看不見一隻鴨子。我圍著這個混帳的湖繞了他媽的整整一周——事實上，我還差點掉**進**湖裡——可是我連一隻鴨子也沒看見。我心想，湖裡要是有鴨子，牠們或許在水草裡睡覺什麼的，因此我差點掉到水裡。可是我一隻鴨子也找不著。

最後我在一張長椅上坐下，那兒倒不他媽的太暗。好樣的，我依舊冷得渾身發抖，儘管頭上戴著那頂獵人帽，後腦勺上的頭髮還是結成一塊塊的冰。這件事倒讓我有點擔心。我想我大概會染上肺炎死去。我開始想像怎樣有幾百萬個傻瓜蛋來參加我的葬禮。我爺爺從底特律來，他這人有個習慣，你只要跟他一起搭公車，他就會把每條街的號碼喊給你聽；還有我那些姑媽、姨媽——我有大約五十個姑媽、姨媽——還有我所有那些混帳堂兄弟、表兄弟。簡直是一群暴民。艾利死的時候，這整整一堆混帳傻瓜蛋全都來了。D. B. 告訴我，我的某一個有嚴重口臭的姑媽還不停說他躺在那兒看起來多**安祥**哪。我當時不在場。我還在醫院裡。我弄傷了自己的手以後，就不得不住進醫院。總而言之，我心裡一直嘀咕著自己頭髮上結了那麼些冰，肯定會感染肺炎死去。我為我爸媽難過得要命。特別是我媽，她對我弟弟艾利的哀傷都還沒過去呢。我想像著她怎樣看著我所有那些衣服和體育用品，不知怎麼辦好。只有一件事還好，我知道她不會讓菲比老妹來參加我的混帳葬禮，因為她年紀太小，還只是個小孩子。就是這一點還算好。接著我又想起他們整整一堆人怎樣把我送進一個混帳公墓。墓碑上刻著我的名字，四周圍全是死人。好樣的，只要你一死去，他們倒是真把你安頓得好好的。我萬一真的死了，倒真他媽的希望有那麼個聰明人乾脆把我的屍體扔在河裡什麼的。怎麼辦都成，就是別把我送進混帳公墓裡。人們在星期天來看你，把一束花擱在你肚皮上，以及諸如此類的混帳玩意。人死後誰還要花？誰也不會要。

只要天氣好，我爸媽常常送一束花去擱在艾利老弟的墳墓上。我跟著他們去了一兩次，以後就不去了。主要是，我不樂於見到他躺在那個混帳公墓裡。四周圍全是死人和墓碑什麼的。有太陽的日子那地方倒還馬馬虎虎，可是有兩次——確確實實**兩次**——我們在墓地的時候忽然下起雨來。那真是可怕。雨點打在他的混帳墓碑上，雨點打在他肚皮上的荒草上。到處都是雨。所有到公墓裡來憑弔的人都急忙跑向他們的汽車。就是這一點，差點讓我發瘋。所有那些來憑弔的人都能躲進自己的汽車，聽收音機，然後到什麼安適的地方去吃晚飯——人人都這樣做，除了艾利。我實在受不了。我知道在墓地裡的只是他的屍體，他的靈魂已經進了天堂什麼什麼的，可是我照樣受不了。我真希望他不躺在公墓裡。可惜你不認識艾利。你要是認識他，就會懂得我說這話的意思。有太陽的日子倒還馬馬虎虎，但太陽只在它想出來的時候才出來。

後來，為了不讓我腦子去想肺炎什麼的，我就拿出錢來，在街燈的那點混帳光線下數了數。總共只剩下三張一塊的鈔票，五個兩毛五的和一個一毛的銀幣——好樣的，我離開潘西以後，真是花掉了一大筆錢。接著我就走到淺水湖畔，找個湖水沒結凍的地方，把那幾個兩毛五和一毛的銀幣拋出去掠過水面。我不知道我自己幹嘛要這樣做，不過我當時的確是這樣做了。我猜想我當時一定以為這麼一來就能不去想肺炎和死亡的事了。其實哪有這麼便宜的事。

我開始想起萬一我染上肺炎死了，菲比老妹心裡會有什麼感覺。想這種事當然很幼稚，可是我禁不住要想。萬一這種事果真發生了，她心裡一定很難受。她非常喜歡我。我是說她跟我很要好。真的。總而言之，我怎麼也擺脫不掉這念頭，所以最後我打定主意，決定偷偷溜回家去看她一次，萬一自己真的死了，也算是一次臨死訣別。我身邊帶著房門鑰匙，決定偷偷地溜進公寓，悄悄地去跟她聊一會兒天。我最擔心的是我家的前門。那門嘰嘰嘎嘎地響得要命。這所公寓房子已經很舊，看守公寓的是個再懶不過的雜種，裡面的一切東西全都嘰嘰嘎嘎直響。我很擔心我爸媽會聽見我溜進房去。可是不管怎樣，我決定試一試。

因此我就他媽的走出公園回家了。我一路步行回家。路並不遠，我也並不覺得累，甚至連酒意都沒有了。只是天冷得厲害，四周圍沒有一個人。

21

我這幾年來就數這一次偷溜回家最成功，到家的時候，平常那個值夜班的電梯小弟彼得恰好不在。一個我從未見過的新手在開電梯，所以我猜我要是不撞見我父母，或許可以跟菲比老妹見一面再溜出去，不至於有人知道我回家來過。這真是個好得不得了的運氣。更幸運的是，這個新來的傢伙有點呆頭呆腦的。我用一種非常輕鬆自然的語調告訴他說，我要去狄克斯坦家。狄克斯坦家跟我們住同一層樓。我這時已脫掉那頂獵人帽，不讓自己有任何形跡可疑的樣子。我裝作非常匆忙的樣子走進電梯。

他把電梯的門關上，準備送我上去，接著他忽然轉過身來對我說：「他們不在家。他們在十四樓參加舞會。」

「沒關係，」我說。「我可以等他們一下。我是他們的侄兒。」

他帶著懷疑的、傻里傻氣的表情望了我一眼。「你最好到大廳去等，朋友。」他說。

「我也想去大廳等，真的，但我的一條腿有毛病。我得讓它固定保持某種姿勢。我想我最好還是坐在他們房門口的椅子上等。」他不知道我他媽的在說些什麼，所以只是「哦」了一聲，就送我上樓。那倒還不錯，好樣的，而且也很好笑。你只要說些誰也聽不懂的話，他們就會俯首聽命，要他們幹什麼他們就幹什麼。

我在我家那層樓走出電梯——一瘸一拐地活像個跛子——開始向狄克斯坦家的方向走去。等到聽見電梯的門一關上，就轉身向我們家的方向走去。我幹得很不錯。甚至連一點酒意都沒有了。接著我取出房門鑰匙，悄悄把門開了，輕得一點聲音都沒有，然後我非常非常小心地走進房間，又把門關了。我真應該去當小偷才是。

門廳裡自然黑得要命，我也自然沒辦法開燈。我得非常小心，免得碰著什麼東西，發出聲響來。我確實知道自己已經到家了。我們的門廳有種奇怪的氣味，跟任何別的地方都不一樣。我不知道是股他媽的什麼氣味。既不是花的氣味，也不是香水的氣味——我真不知道是股他媽的什麼氣味——可是我確實知道自己已經到家了。我脫掉大衣，想掛在門廳的壁櫥裡，可是壁櫥裡全是衣架，一開櫥門就卡嗒卡嗒響個不停，嚇得我都不敢往裡面掛衣服了。接著我就慢慢地向菲比老妹的房間走去，走得很慢很慢。我知道那個女傭聽不見我的聲音，因為她只有一片鼓膜。她的哥哥在她小時候拿了根稻草直戳到她耳朵裡，她有一次告訴我的。她簡直是個聾子。可是我的**父母**，尤其是我媽，耳朵尖得就像隻混帳獵狗。因此我經過他們房門的時候，走得非常非常輕。我甚至屏住了呼吸，老天爺。你可以拿把椅子砸在我父親的腦袋上，他都不會醒來，但我母親就不一樣，哪怕是在西伯利亞咳嗽一聲，她都聽得見。她的神經衰弱得要命。整個晚上她有一半時間起來抽菸。

最後，過了那麼一個鐘頭以後，我終於走到了菲比老妹的房間。可是她不在。我把這事給忘了。我忘了在D.B.到好萊塢或者什麼別的地方去的時候，菲比總是睡在他的房間裡。她喜歡這房間，因為家裡就數這房間最大。還因為房間裡有一張瘋子用的特大書桌，是D.B.向費城的某個酒鬼太太買來的，還有那張奇大無比的床，恐怕有十英里長十英里寬。我不知道這張床他是從哪裡買來的。不管怎樣，菲比老妹就喜歡趁D.B.不在家的時候睡在他的房間裡，他也讓她睡。你真該瞧瞧她在那張混帳書桌上做功課時的情景。那書桌簡直就跟那張床一樣大。她做功課的時候你甚至連看都看不見她。可是她就是喜歡這類玩意兒。她不喜歡自己的房間，因為那房間太小，她說。她說她喜歡鋪張。我聽了差點笑死。菲比老妹有什麼可鋪張的？什麼也沒有。

總而言之，我就這樣輕手輕腳走進D.B.的房間，拈亮了書桌上的燈。菲比老妹連醒都沒醒。燈亮後，我還看了她一會兒。她躺在床上睡得很香，她的臉側向枕頭的一邊。她的嘴還張得很大。說來好笑。那些成年人要是睡著了把嘴張得很大，簡直難看極了，可是小孩子就不一樣。小孩子張大了嘴睡，看起來還是很不錯。就算把口水流一枕頭，他們的樣子看起來還是很不錯。

我在房間裡繞了一圈，走得很輕很輕，觀看房裡的一切。我的心情改變了，心裡覺得很舒服。我也不再怕自己會染上肺炎什麼的了。我只覺得心裡很好過。菲比老妹的衣服擱在緊靠著床的一把椅子上。她是個很愛乾淨的孩子。我是說她不像別的孩子那樣把自己的東西到處亂扔。她不是那種邋遢鬼。她穿的那套黃褐色衣服是我媽在加拿大買給她的，她就把上衣掛在椅背上。她的襯衫什麼的都放在椅子上。她的鞋子和襪子則放在地板上，就在椅子底下，整整齊齊地並排放在一起。這雙鞋我從未見過，是一雙嶄新的深褐色皮質平底鞋，有點像我自己穿的這雙，跟我母親在加拿大買給她的那套衣服配在一起，真是漂亮極了。我母親把她打扮得很漂亮，真的。我母親對某些東西很有鑑賞力。她買溜冰鞋之類的東西不靈光，可是在衣飾方面，她真是個行家。我是說菲比身上穿的衣服總會讓你讚不絕口。拿一般小孩子來說，儘管他們的父母非常有錢，他們身上的衣服卻往往難看得無法形容。我真希望你能看見菲比老妹穿著我母親從加拿大買給她的那套衣服時的樣子。我不騙你。

我坐在 D. B. 老兄的書桌上，看了看桌上的那些東西。它們多半是菲比的學習用具。絕大部分是書。最上面的一本叫作《算術真好玩》。我打開第一頁一看，只見菲比老妹在上面寫著：

菲比・威塞菲爾・考爾菲德

4B-1

我看了差點笑死。她中間的那個名字本來叫約瑟芬，老天爺，並不是威塞菲爾。可是她不喜歡那名字。我每次見到她，她總是又給自己找了個新的名字。

算術課本下面是地理課本，地理課本下面是拼字課本。她的拼字好極了。她的每一科功課都很好，可是她的拼字特別好。在拼字課本下面是一大堆筆記本。她恐怕有五千本筆記本。你從來沒有見過一個小孩子有那麼多筆記本。我把最上面的那本打開一看，只見第一頁上寫著：

貝妮絲，請你在下課時間來找我，我有一些很重要、很重要的話要跟妳說。

那一頁上就寫著這些。下一頁上寫著：

阿拉斯加東南部為什麼有那麼多罐頭廠？
因為那裡有那麼多的鮭魚。
那裡怎麼有寶貴的森林？
因為那裡的氣候適宜。

為了改善阿拉斯加愛斯基摩人的生活，我們政府做了些什麼？

好好查一下應付明天的功課！！！

菲比．威塞菲爾．考爾菲德

菲比．威塞菲爾．考爾菲德

菲比．威塞菲爾．考爾菲德

菲比．威．考爾菲德

菲比．威塞菲爾．考爾菲德女士

請傳給雪莉！！！

雪莉妳說妳是射手座

但妳只是金牛座

來我家的時候帶溜冰鞋

我就坐在D.B.的書桌上把那本筆記本看完了。我沒花多少時間，再說我也愛看這種東西——孩子的筆記本，不管是菲比的還是別的孩子的——我可以整天整夜地看下去。孩子的筆記本我真是百看不厭。之後我又點了一支菸——這是我最後一支菸了。那一天我大約抽了整整三條菸。最後我把她叫醒。我是說我不能就在那書桌上坐那麼一輩子，再說我也害怕我爸媽會突然撞進來，我至少要在他們進來之前跟她說聲哈囉。因此我把她叫醒了。

她很容易醒過來。我是說你用不著向她大喊什麼的。你簡直只要往她床上一坐，說聲「醒來吧，菲比」，她就醒來了。

「**霍爾頓**！」她立刻說，她還用雙臂摟住我的脖子。她十分熱情。我是說就她那個年齡的孩子來說，算是熱情的了。有時候她簡直是太熱情了。我吻了她一下，她就說：「你什麼時候回家的？」她見了我真是高興得要命。你看得出來。

「別這麼大聲。妳好嗎？」

「我很好。你收到了我的信沒有？我給你寫了封五頁的……」

「有——別這麼大聲。謝啦。」

她給我寫了封信。我卻來不及回覆她。信裡談的全是她要在學校裡演戲的事。她叫我別在星期五那天跟人約會，好讓我去看她演出。

「妳的戲怎樣了？」我問她。「妳說那戲叫什麼名字來著？」

「《美國佬耶誕露天舞台劇》。那劇本真是糟透了，可是我演本尼迪克特·阿諾德。我演的是最重要的角色喔！」她說。好樣的，她可不是完全清醒了。她跟你談這種事情的時候總是十分興奮。「戲開始的時候，我已經快死了。那鬼魂在耶誕前夕進來問我心裡是不是覺得慚愧。你知道。為了我出賣自己的國家什麼的。你來不來看？」她這會兒都直挺挺地坐在床上了。「我寫信給你就是為了這個。你來不來？」

「我當然來。我一定來。」

「爸爸不能來。他要坐飛機到加州去，」她說。好樣的，她這可不是完全清醒了。她只要兩秒鐘就能完全清醒過來。她坐在——也可以說是跪在——床上，握住了我一隻手。「聽著。媽說你要星期三才回家。她說的是星期三。」

「我提前離校了。別這麼大聲。妳要把每個人都吵醒啦。」

「現在幾點鐘啦？他們要到很晚才回來，媽說的。他們到康乃狄克州的諾瓦克參加舞會去了。」菲比老妹說。「猜猜我今天中午做了什麼！看了什麼電影！猜猜看！」

「我不知道——聽著。他們有沒有說他們打算在什麼時候……」

「《醫生》，」菲比老妹說。「這是里斯特基金會放映的特別電影。他們只放映一天——只有今天一天。講的是肯塔基州的一個醫生，在一個不能走路的瘸子臉上蓋了條毯子什麼的。後來他們就把他關進了監牢。那電影真是好極了。」

「給我一秒鐘，聽我說。他們有沒有說他們打算在什麼時候……」

「他很替那孩子難受，那個醫生。就是為了這個緣故，他才在她臉上蓋了條毯子，把她悶死。後來他們把他關進了監牢，判他無期徒刑，可是那個被他悶死的孩子老是來看他，為他所做的事向他道謝。他是出於善意殺人的。不過他知道自己應該坐牢。因為一個當醫生的沒有資格奪走上帝創造的東西。是我一個同班同學的媽媽帶我們去看這電影的。她叫愛麗絲．霍姆伯格，是我最要好的朋友。整個班上就她一個人……」

「暫停一秒鐘，**好不好**？我要問妳一句話。他們有沒有說他們打算在什麼時候回來？」

「沒有，不過要很晚才回來。爸爸把汽車開走了，說這樣可以用不著為火車的班次擔心。我們在汽車裡裝了收音機啦！只是媽媽說汽車在路上行駛的時候，誰也不能聽收音機。」

我放下心來。我是說我終於不再擔心他們會在家裡撞見我什麼的。我已經打定主意。萬一真被他們撞見，那就撞見好了。

你真應該看看菲比老妹當時的樣子。她穿著那套藍色睡衣褲，衣領上還繡著紅色大象。她是個大象迷。

「那麼說來這電影很不錯，是不是？」我說。

「好極了，只是愛麗絲感冒了，她母親老問她難不難受。就在電影演到一半的時候。每次總是演到節骨眼上，她母親就彎下腰來整個**撲**在我臉上，問愛麗絲難不難受。真讓我受不了。」

接著我把那唱片的事告訴了她。「聽著，我給妳買了張唱片，」我對她說。「只是我在回家的路上把它摔碎了。」我把那些碎片從我的大衣口袋裡拿出來給她看。

「我喝醉啦。」我說。

「把碎片給我，我在收集碎唱片呢。」她就從我手裡接過那些碎片，放進床頭櫃的抽屜裡。她真是討人喜歡。

「D.B. 會回家過耶誕節嗎？」我問她。

「也許會，也許不會，媽說，到時候得看情形決定。他也許得待在好萊塢寫一個關於安納波里市的電影劇本。」

「安納波里市，老天爺！」

「寫的是個戀愛故事什麼的。猜猜看，這個電影將由誰主演？哪一個電影明星？猜猜看！」

「我對這不感興趣。**安納波里市**，老天爺。D.B. 對**安納波里市**知道些什麼，老天爺？那跟他要寫的故事又有什麼關係？」我說。好樣的，那玩意兒真讓我發瘋。那個混帳好萊塢。「妳的手臂怎麼啦？」我問她。我注意到她的一隻手肘上貼著一大塊膠布。我之所以注意到，是因為她的睡衣沒有袖子。

「我班上那個叫柯帝士．溫特勞布的男生在我走下公園樓梯的時候推了我一把，」她說。「你要看嗎？」她開始撕起手臂上的那塊混帳膠布來。

「別去撕它。他幹嘛推妳？」

「我不知道。我猜他討厭我，」菲比老妹說。「我跟另外一個叫西爾瑪．阿特伯雷的女生在他的皮上衣上塗滿了墨水什麼的。」

「那可不好。妳這是怎麼啦——變成三歲小孩啦，老天爺？」

「不，可是每次我到公園裡，我走到哪他就跟到哪。他老是跟著我，真讓我受不了。」

「也許他喜歡妳。妳不能因此就把墨水什麼的……」

「我不要他喜歡我，」她說。接著她開始用一種異樣的目光盯著我。「霍爾頓，你怎麼還沒星期三就回家了？」

「什麼？」

好樣的，你得隨時留心她。你要是不把她看成機靈鬼，那你肯定是個瘋子。

「你怎麼還沒星期三就回家了？」她問我。「你不是被退學了吧，是不是？」

「我剛才已經跟妳說啦。學校提前放假。他們讓全體……」

「你真的被退學了！真的！」菲比老妹說著，還在我的腿上打了一拳。她只要一時高興，就會拿拳頭打人。「你**真的**被退學了！哦，**霍爾頓！**」她用一隻手捂住了嘴。她的情緒非常容易激動，我可以對天發誓。

「誰說我被退學了？誰也沒說我……」

「你**真的**被退學了。**真的**，」她說。接著又搥了我一拳。你要是認為這一拳打著不疼，那你肯定是瘋子。「爸爸會要你的**命**！」她說著，就啪的一下子趴在床上，還把那個混帳枕頭蒙在頭上。她常常愛這樣做。有時候，她確確實實是個瘋子。

「別鬧啦，喂，誰也不會要我的命。誰也不會——**好啦**，菲比，把那混帳玩意兒從妳頭上拿掉。誰也不會要我的命。」

可是她不肯把枕頭拿掉。你沒辦法讓她做一件她自己不願意做的事。她只是卯起來說「爸爸會要你的命」。她頭上蒙了那麼個混帳枕頭，你簡直聽不出她說的是什麼。

「誰也不會要我的命。妳好好想想吧。尤其是，我就要走了。我也許先在農場之類的地方找個工作。我認識一個傢伙，他爺爺在科羅拉多有一個農場。我也許就在那兒找個工作。我要是真的走，那我走了以後會跟你們聯繫的。好啦。把那玩意兒從妳頭上拿掉。好啦，喂，菲比。拜託啦。拜託啦，行不行？」

可是她怎麼也不肯拿掉。我想把枕頭拉掉，但她的手勁大得要命。你簡直沒辦法跟她打架。好樣的，她要是想把一個枕頭蒙在頭上，那她死也不肯鬆手。「菲比，拜託啦。好啦，鬆手吧。」我不停地說。「好啦，喂……威塞菲爾。鬆手吧。」

她怎麼也不肯鬆手。有時候她簡直不可理喻。最後，我起身出去到客廳裡；從桌上的菸盒裡拿了些香菸放進我的口袋。我的菸一支也不剩了。

22

我回來的時候，她倒是把枕頭從頭上拿掉了——我知道她會的——但她就算是仰躺著，也依舊不肯正眼看我。等我走到床邊坐下的時候，她竟把她的混帳臉蛋轉到另一邊去了。她真跟我他媽的絕交了。就像潘西擊劍隊那樣對待我，在我把所有那些混帳圓頭劍忘在地鐵上以後。

「海澤爾．威塞菲爾大姊怎樣啦？」我說。「妳寫了什麼關於她的新故事沒有？妳上次寄給我的那個就放在我的手提箱裡。手提箱寄放在車站裡。那故事寫得很不錯。」

「爸爸會要你的**命**。」

好樣的，她對某件事情念念不忘的時候，就真的是念念不忘。

「不，他不會的。他頂多再海扁我一頓，然後把我送到那個混帳軍事學校裡去。他頂多這樣對付我。可是首先，我根本不會在家。我早就到外地去了。我會到——我大概到科羅拉多的農場上去了。」

「別讓我笑你了。你連馬都不會騎。」

「誰不會？我當然會騎。我確實會騎。他們在大約兩分鐘之內就可以把你教會。」我說。「別去撕它了。」她還在撕她手臂上的膠布。「誰給妳剪的頭髮？」我問她。我剛注意到她理的髮型混帳極了。短得要命。

「不要你管。」她說。她有時候很能嘔人。她的確很能嘔人。「我猜你又是哪一科都不及格。」她說——非常嘔人。說起來還真有點好笑。她有時候說起話來很像個混帳教師，而她還只是個很小的孩子哩。

「不，不是的，我的英文及格了。」接著，我一時高興，就在她的屁股上捏了一下。她側身躺著，正好把屁股撅得老高。她的屁股還小得很哩。我捏得並不重，可是她想要打我的手，只是沒打到。

接著她突然說：「哦，你幹嘛要**這樣**呢？」她是說我怎麼又被退學了。她這麼一說，又讓我心裡難過起來。

「哦，天哪，菲比，別問我了。人人都問我這個問題，真讓我煩死啦。有一百萬個原因。這是個最糟糕的學校，裡面全是偽君子。還有卑鄙的傢伙。你這輩子從沒見過那麼多卑鄙的傢伙。比方說，你要是跟幾個人在誰的房間裡聊天，要是又有別的什麼人要進來，而來的又是個呆頭呆腦、滿臉青春痘的傢伙，那就誰也不會給他開門。人人都把自己的房門鎖起來，不讓別人進來。他們還有他媽的那種混帳祕密團體，我自己也是膽子太小，不敢不加入。有個滿臉青春痘的討厭傢伙，名叫羅伯特·阿克萊的，很想加入。

他一直想加入，可是他們不同意。只是因為他很無趣，又滿臉青春痘。我甚至都不想談。那真是個糟糕透頂的學校。妳就相信我說的吧。」

菲比老妹一聲不響，可是她仔細在聽。我一看她的後腦勺就知道她仔細在聽。只要你跟她說些什麼，她總是仔細聽著。好笑的是，有一半時間她都懂得你他媽的在說些什麼。她的確懂得。

我繼續談潘西那鬼地方的事。我不知怎的興致來了。

「教職員裡雖有那麼一兩個**好**老師，可是連他們也都是裝模作樣的偽君子。就拿那個老傢伙史賓塞先生說吧。他太太老是請你喝熱巧克力什麼的，他們人的確不錯，可是他上歷史課的時候，只要校長舒莫他老兄進來在教室後面一坐下，你再瞧瞧他的那副模樣。舒莫老兄總是在上課的時候進來，在教室後面坐那麼半個小時左右。他大概算是微服出巡什麼的。過了一段時間，他就會坐在那裡打斷史賓塞老兄的話，說一些粗俗的笑話。史賓塞老兄馬上露出滿面笑容，吃吃地笑個不停，簡直要把他的老命都笑掉，就好像舒莫是個混帳王子什麼的。」

「別老是說髒話。」

「妳看了肯定會吐出來，我發誓妳一定會。還有，在『校友日』那天。他們有那麼個日子，叫『校友日』，那天所有在一七七六年左右從潘西畢業的傻瓜蛋全都回到學校來了，在學校裡到處走，還帶著自己的老婆孩子什麼的。可惜你沒看見那個大約五十歲的老傢伙。你猜他做了什麼，他一路來到我們房間敲我們的門，問我們是不是能讓他用一下廁所。廁所在走廊的盡頭——我真他媽的不知道他幹嘛要來問我們。你知道他說了些什麼？他說他想看看他自己名字的縮寫是不是還在一扇廁所門上。他在大約九十年前把他媽的那個混帳傻名字的縮寫刻在一扇廁所門上，現在他想看看那縮寫是不是還在那裡。因此我跟我的室友一起陪他走到廁所裡，他就在一扇扇廁所門上找他名字的縮寫，我們不得不站在那陪著他。這整段時間裡他還滔滔不絕地跟我們講話，告訴我們說在潘西念書的那段時光怎樣是他一生當中最快樂的日子，他還給我們許許多多有關未來的忠告。好樣的，他真讓我心裡煩透了！我倒不是說他是個壞人——他不是壞人。可是不一定壞人才能讓人心煩——你可以是個**好**人，卻同時讓人心煩。要人心煩很容易，你只要在哪扇門上找自己名字的縮寫，同時給人許許多多裝模作樣的忠告——你只要這樣做就可以了。我不知道。說不定他要不是那麼呼嚕呼嚕直喘氣，情形也許會好些。他剛走上樓梯，累得呼嚕呼嚕直喘氣，他一邊在門上找自己名字的縮寫，一邊直喘氣，鼻孔那麼一張一合的十分可笑，一邊卻還要跟我和史泰德賴塔講話，要我們盡可能在潘西學到很多東西。天哪，菲比！我解釋不清楚。我就是不喜歡在潘西發生的一切。我解釋不清楚。」

菲比老妹這時說了句什麼話，但我聽不清。她把一邊嘴角整個壓在枕頭上，所以我聽不清她說的話。

「什麼？把妳的頭抬起來。妳這樣把嘴壓在枕頭上，我聽不清妳說的話。」

「你不喜歡正在發生的**任何**事情。」她這麼一說，我心裡不由得更煩了。

「我喜歡。我喜歡。我當然喜歡。別說這種話。妳幹嘛要說這種話呢？」

「因為你不喜歡。你不喜歡任何學校。你不喜歡千百萬樣東西。你不喜歡。」

「我喜歡！妳錯就錯在這裡——妳完完全全錯在這裡！妳他媽的為什麼非要說這種話不可？」我說。好樣的，她真讓我心裡煩透了。

「因為你不喜歡。說一樣東西讓我聽聽。」

「說一樣東西？一樣我喜歡的東西？好吧。」

問題是，我沒辦法集中注意力。有時候簡直很難集中注意力。

「一樣我非常喜歡的東西，妳是說？」我問她。

可是她沒回答我。她躺在床的另一邊，斜眼看我。她離我恐怕有一千英里遠。「喂，回答我，是一樣我非常喜歡的東西呢，還是只是喜歡而已？」

「你非常喜歡的。」

「好吧。」我說。不過問題是，我沒辦法集中注意力。我能想起的只是那兩個拿著破籃子到處募捐的修女。尤其是戴著鐵框眼鏡的那個。還有我在愛爾敦·希爾斯念書時認識的那個學生。愛爾敦．希爾斯的那個學生名叫詹姆士．凱瑟爾，他說了另外一個十分自大的、名叫菲爾．斯戴比爾的學生一句不好聽的話，卻不肯收回他的話。詹姆士．凱瑟爾說他這人太自大，被斯戴比爾的一個混帳朋友聽見了，就到斯戴比爾面前去搬弄是非。於是斯戴比爾帶了另外六個下流的雜種，走進詹姆士．凱瑟爾的房間，鎖上那扇混帳房門，想叫他收回他說的那些話，可是他不肯，因此他們跟他動起手來。我甚至都不願告訴你他們怎麼對待他——說出來實在太噁心了——可是他依舊不肯收回他的話，那個詹姆士．凱瑟爾老兄。可惜你沒見過他這個人，他長得又瘦又小，十分孱弱，手腕就像筆管那麼細。最後，他不但不肯收回他的話，還從窗口跳出去了。我正在**淋浴**什麼的，連**我**也聽見他摔在外面地上的聲音。但我還以為是什麼東西掉出去了，一架收音機或者一張書桌什麼的，沒想到是個**人**。接著我聽見大伙兒全湧進走道跑下樓梯，因此我穿好浴衣也跑下樓去，看見詹姆士．凱瑟爾老兄直挺挺地躺在石階上面。他死了，到處都是牙齒和血，沒有一個人敢走近他。他身上還穿著我借給他的那件窄領運動衫。那些到他房裡的傢伙只是被退學而已，甚至沒被抓去關。

我當時能想到的就是這一些。那兩個跟我一起吃早飯的修女，還有那個我在愛爾敦．希爾斯念書時認識的同學詹姆士．凱瑟爾。好笑的是，我跟詹姆士．凱瑟爾甚至並不熟，我老實告訴你。他是那種沉默寡言的人。他跟我一起上數學課，可是他坐在教室的另一頭，平時從來不站起來背書，或者到講臺上去做習題。學校裡有些人從來不站起來背書或者到講臺上去做習題。我想我跟他唯一的一次談話，就是他來向我借那件窄領運動衫。他向我開口的時候，我吃驚得差點倒在地上死去。我記得我當時正在盥洗室裡刷牙，他過來向我開口了。他說他的堂兄要來找他，開車帶他出去。我甚至都不曉得他知道我**有**一件窄領運動衫。我只知道點名時他的名字就在我前面。凱伯爾・羅、凱伯爾・威、凱瑟爾、考爾菲德——我還記得很清楚。老實跟你說，我當時差點不肯把我的運動衫**借**給他，因為我跟他不太熟。

「什麼？」我問菲比老妹。她跟我說了些什麼，可是我沒聽清楚。

「你連一樣東西都想不出來。」

「可以的，我想得出來。可以的，我想得出來。」

「是喔？那你說出來。」

「我喜歡艾利，我也喜歡我現在所做的事。跟妳一起坐在這兒，聊聊天，想一些事情……」

「艾利已經**死**啦——你老這麼說的！要是一個人死了，進了**天堂**，那就很難說……」

「我知道他已經死啦！妳以為我連這個也不知道？但我還是可以喜歡他，對不對？不可能因為一個人死了，你就從此不再喜歡他，老天爺——尤其是那人比你認識的那些**活**人要好一千倍。」

菲比老妹什麼話也沒說。她要是想不起有什麼好說的，就他媽的一句話也不說。

「不管怎樣，我喜歡現在這樣。我是說就像現在這樣。跟妳坐在一起，聊聊天，逗著……」

「這不是什麼**真正的**東西！」

「這是**真正的**東西！當然是的！他媽的為什麼不是？人們就是不把真正的東西當東西看待。我他媽的對這都厭煩透啦。」

「別說髒話。好吧，再說些別的。說說你將來想**當**什麼。想當一個科學家呢，還是一個**律師**什麼的。」

「我當不了科學家。我不懂科學。」

「那，當個律師──跟爸爸一樣。」

「律師倒是不錯，我猜──可是不合我的胃口。我是說他們要是老出去搭救受冤枉的人的性命，那倒是不錯，可是你一當了律師，就不做那樣的事了。你只是賺很多很多錢，打高爾夫球，打橋牌，買車，喝馬丁尼，擺臭架子。再說，就算你**真的**出去救人性命了，你怎麼知道這樣做到底是因為你真的**要**救人性命呢，還是因為你**真正的**動機是想當一個紅牌律師，只等審判一結束，那些記者什麼的就會全向你湧來，人人在法庭上拍你的背，向你道賀，就像那些下流電影裡演出的那樣？你怎麼知道自己不是個偽君子？問題是，你**不知道**。」

我說的那些話菲比老妹到底聽懂了沒有，我不敢十分肯定。我是說她畢竟還是個小孩子。不過她至少在好好聽著。只要對方至少好好聽著，那就不錯了。

「爸爸會要你的命。他會要你的命。」她說。

但我沒在聽她說話。我在想一些別的事——一些異想天開的事。「妳知道我將來想當什麼嗎？妳知道我將來想當什麼嗎？我是說將來要是能他媽的讓我自由選擇的話？」

「什麼？別說髒話。」

「妳知道『要是有個人在麥田裡捉到了一個人』那首歌嗎？我將來想……」

「是『要是有個人在麥田裡**遇**到了一個人』！」菲比老妹說。「是一首詩。羅伯特·柏恩斯寫的。」

「我**知道**那是羅伯特·柏恩斯寫的一首詩。」

她說得對。那的確是「要是有個人在麥田裡遇到了一個人」，但我當時並不知道。「我還以為是『要是有個人在麥田裡捉到了一個人』呢。無論如何，我總是會想像，有那麼一群小孩子在一大片麥田裡玩遊戲。成千上萬個小孩子，附近沒有一個人——沒有一個大人，我是說——除了我。我呢，就站在那混帳懸崖邊。我的職務是在那裡守備，要是有哪個孩子往懸崖邊跑來，我就把他捉住——我是說孩子們都在狂奔，也不知道自己是在往哪裡跑，我得從什麼地方出來，把他們**捉住**。我從早到晚就做這件事。我只想當個麥田裡的守望者。我知道這有點異想天開，但我真正想做的就是這個。我知道這不像話。」

菲比老妹有好一陣子沒吭聲。後來她開口了，可是她只說了句：「爸爸會要你的命。」

「他要我的命就讓他要好了，我才他媽的不在乎呢。」我說著，就從床上起來，因為我想打個電話給我的老師安多里尼先生，他是我在愛爾敦．希爾斯時的英文教師，現在已經離開了愛爾敦．希爾斯，住在紐約，在紐約大學教英文。「我要去打個電話，」我對菲比說，「馬上就回來。妳可別睡著。」我不希望她在我去客廳的時候睡著。我知道她不會，但我還是叮囑了一番，好更放心些。

我正朝著門邊走去，忽然聽見菲比老妹喊了聲「霍爾頓」！我馬上轉過身去。

她直挺挺地躺在床上，看起來漂亮極了。「我正在跟那個叫菲麗絲．瑪格里斯的女生學打嗝，聽著。」

我仔細聽著，好像聽見了**什麼**，可是聽不出名堂來。「很好。」我說。接著我出去到客廳裡，打了個電話給我的老師安多里尼先生。

23

我三言兩語就講完電話，因為我很怕電話講到一半，我爸媽就闖了進來，不過他們並沒有闖進來。安多里尼先生非常和氣。他說我要是高興，可以馬上過去。我猜我大概把他和他老婆都吵醒了，因為他們過了半天才來接電話。他第一句話就問我出了什麼事沒有，我回答說沒有。我說我倒是被潘西退學了。我覺得還是告訴他好。我說了之後，他只說了聲「我的天」。他這人很有幽默感。他跟我說我要是願意，可以馬上過去。

安多里尼先生可以說是我這輩子遇過最好的老師。他很年輕，比我哥哥 D.B. 大不了多少，你可以跟他開玩笑，卻不至於失去對他的尊敬。我前面說過的那個叫詹姆士．凱瑟爾的孩子跳樓以後，最後就是他把他抱起來的。安多里尼老兄摸了摸他的脈搏，然後脫掉自己的大衣蓋在詹姆士．凱瑟爾身上，把他一路抱到校醫室。他甚至都不在乎自己的大衣上染滿了血。

我回到 D.B. 房裡的時候，發現菲比老妹已經把收音機開了，正在播放舞曲。她把聲音開得很小聲，免得女傭聽見。你真該看看她當時的樣子。她直挺挺地坐在床中央，在被子外面，像印度的修行僧那樣盤著雙腿。她正在欣賞音樂。她實在是讓我絕倒。

「喂，妳想跳舞嗎？」她還是個很小很小的黃毛丫頭的時候，我就教她跳舞什麼的。她是個了不起的舞蹈家。我是說我只教了她一些基本動作。她主要是自己學起來的。舞要**真正**跳得好，光靠人教可行不通。

「你穿著鞋呢。」她說。

「我可以脱掉。來吧。」

她簡直是從床上跳下來的，然後她等著我把鞋子脱掉，我們就一起跳了會兒舞。她的舞跳得真是好極了。我不喜歡人們跟小孩子一塊兒跳舞，因為十有九次那樣子總是十分難看。我是說，在外面的餐廳裡你總看見那麼個老傢伙帶著自己的小孩在舞池裡跳舞。他們總是牛頭不對馬嘴，老是拎住孩子背上的衣服卯起來往上拉，那孩子呢，簡直他媽的不會跳舞，所以那樣子真是難看極了。可是我從來不帶菲比或別的孩子在公共場所跳舞，我們只是在家裡跳著玩。不過話說回來，她畢竟與別的孩子不同，因為她會**跳舞**。不管你怎麼跳她都跟得上。我是說你只要把她摟得緊緊的，那樣一來不管你的腿比她長多少，也就不礙事了。她會緊跟著你。你可以轉身，可以跳些粗俗的花步，甚至還可以跳跳搖擺舞，她始終緊跟著你。你甚至還可以跳探戈呢，老天爺。

我們跳了大約四首曲子。在每首曲子的間歇時間，她的樣子好笑得要命。她擺好了跳舞的姿勢。她連話都不說，你得跟她一起擺好姿勢等樂隊再一次開始演奏。實在令人絕倒。當然你也不准笑出來或幹嘛的。

總而言之，我們跳了大約四首曲子，然後我把收音機關了。菲比老妹一下跳回床上，鑽進了被窩。「我進步了，是不是？」她問我。

「怎麼進步的？」我說。我又挨著她在床上坐下了。我有點喘不過氣。我抽菸抽得他媽的太凶了，氣不太足。她卻連喘都沒喘一下。

「你摸摸我的額頭。」她突然說。

「幹嘛？」

「摸摸看。只是摸一摸。」

我摸了一下，卻什麼也沒感覺到。

「是不是很燙？」她說。

「不，應該要很燙嗎？」

「是的——是我故意弄出來的。再摸摸看。」

我又摸了一下，仍沒感覺到什麼，可是我說：「這回好了，我覺得有點燙了。」我可不願意她產生他媽的自卑感。

她點點頭。「我可以弄得燙到比體溫表還高。」

「體溫表。誰說的？」

「是愛麗絲．霍姆伯格教我的。你只要夾緊兩腿，屏住呼吸，想一些非常非常熱的東西。一個電爐什麼的。然後你整個腦門就會熱得把人的手燒掉。」

真夭壽。我立刻把我的手從她腦門上縮回，像是遇到什麼可怕的危險似的。

「謝謝妳警告我。」我說。

「哦，我不會把你的手燒掉的。我還沒讓它熱得太厲害，就會停住——噓！」說著，她閃電似的一下子從床上坐了起來。

這一來嚇得我魂都飛了。「怎麼啦？」我說。

「前門！」她用清晰的耳語說。「他們回來啦！」我一下子跳起來，跑過去把檯燈關了。然後我把香菸在鞋底踩熄，放到口袋裡藏好。接著我卯起來搧空氣，想讓煙散掉——我真不應該抽菸，我的天。再來，我抓起自己的鞋子，躲進了壁櫥，把門關上。好樣的，我的心臟都快從嘴巴裡跳出來了。

我聽見我媽走進房來。

「菲比？喲，少來啦。我早看見燈光了，小妞。」

「哈囉！」我聽見菲比說。「我睡不著。你們玩得痛快嗎？」

「痛快極了，」我母親說，可是你聽得出她這話是言不由衷。她每次出去，總不能盡興。

「我問妳，妳怎麼還不睡覺？房間裡暖和不暖和？」

「暖和是暖和，我就是睡不著。」

「菲比，你是不是在房裡抽菸了？老實告訴我，拜託，小妞。」

「什麼？」菲比老妹說。

「要我再說一遍？」

「我只點了一秒鐘。我只抽了**一口**菸。然後把菸從窗口扔出去了。」

「**為什麼**，請問？」

「我睡不著。」

「我不喜歡妳這樣，菲比。一點也不喜歡，」我媽說。「妳要再多蓋一條毯子嗎？」

「不要了，謝謝。晚安！」菲比老妹說，想儘快把她打發走，你聽得出來。

「那電影好看嗎？」我媽問。

「好看極啦。除了愛麗絲的媽媽。她不停彎下腰來，問她感冒好一點沒有，在整個放映期間簡直沒有停過。後來我們坐計程車回家了。」

「讓我來摸摸妳的額頭。」

「我沒有感染到什麼。她根本沒病。毛病就在她媽媽身上。」

「嗯，快睡吧。晚飯怎麼樣？」

「爛透啦。」

「什麼爛透啦，妳沒聽見妳爸爸怎麼教妳用文雅的字眼嗎？什麼地方爛透啦？妳吃的是上好的羊排。我都把萊克辛登路走遍啦，就是為了……」

「羊排是還不錯，可是查麗娜不管往桌上放什麼東西，總是衝著我**呼氣**。她也衝著所有的食物呼氣。她衝著一切的一切**呼氣**。」

「嗯，快睡吧。吻媽媽一下。妳禱告了沒有？」

「我是在廁所裡禱告的。晚安！」

「晚安。現在快給我睡吧。我的頭疼得都快裂開來啦。」我媽說。她常常頭疼。真的。

「吃幾顆阿斯匹靈吧，」菲比老妹說。「霍爾頓是在星期三回家，對不對？」

「據我所知是這樣。快躺下去。再下去一點。」

我聽見我媽走出房間，帶上了門。我等了一兩分鐘。接著我就出了壁櫥。我一出來，就跟菲比老妹撞了個滿懷，因為房裡一片漆黑，她已從床上起來，想過來告訴我。「我撞痛妳了沒有？」現在得說悄悄話了，因為他們兩個都在家。「我得馬上就走。」我摸黑找到了床沿，一屁股坐了下去，動手穿起鞋子來。我心裡很緊張。我承認。

「先別走，」菲比小聲說。「等他們睡著了再說！」

「不。趁現在就走。現在是最好的時機。她正在廁所裡，爸爸在收聽新聞什麼的。現在是最好的時機。」我連鞋帶都綁不起來了，我真是他媽的緊張得要命。倒不是萬一他們發現我在家，就會把我**殺了**什麼的，不過反正是件很不愉快的事。「妳他媽的人在哪裡呢？」我跟菲比老妹說。房間裡那麼黑，我一點也看不見她。

「在這裡。」她就站在我身邊。我卻一點也看不見她。

「我的兩隻混帳手提箱還在車站呢。聽著。妳身邊有錢沒有，菲比？我簡直變成窮光蛋啦。」

「只有過耶誕節的錢。買禮物什麼的，我什麼都還沒買呢。」

「哦。」我不願拿她過耶誕節的錢。

「你要用嗎？」她問。

「我不想用妳過耶誕節的錢。」

「我可以借你一**點**。」她說。接著我聽見她朝D.B.的書桌那裡走去，打開了千百萬隻抽屜，在裡面摸索著。房間裡黑得要命，真是伸手不見五指。「你要是離家出走，就看不見我演那場戲了。」她說，說的時候，聲音有點異樣。

「不，我看得見。我不會在妳演戲之前走的。妳以為我會不看妳演的戲？我大概在安多里尼先生家裡住到星期二晚上。然後我就回家。我要是有機會，就打電話給妳。」

「錢在這。」菲比老妹説。她想把錢給我，可是找不到我的手。

「在哪？」

她把錢放進我手裡。

「喂，我不要那麼多，只要給我兩塊錢就夠了。我説真的——拿去。」我想把錢還給她，可是她不肯收。

「你都拿去好了。你以後可以還我。看戲的時候給我帶來好了。」

「有多少，老天爺？」

「八塊八毛五。六毛五。我花掉了一些。」

突然間，我哭了起來。我實在是情不自禁。我儘量不哭出聲，但我的確哭了。我一哭，可把菲比老妹嚇壞了，她走過來想止住我，可是你只要一哭起來，就沒辦法看在區區一**毛錢**的分上止住。我哭的時候仍坐在床沿，她伸過一隻手臂來摟住我的脖子，我也伸出一隻手臂摟住她，但我還是哭了好久，停不下來。我覺得自己哽咽得都快憋死了。好樣的，我把可憐的菲比老妹嚇壞了。那扇混帳窗子正開著，我感覺得出她在發抖，因為她身上只穿著一套睡衣褲。我想叫她回到床上去，可是她不肯。最後我終於停下來了，不過的的確確費了我很大很大工夫。接著我扣好大衣上的鈕釦。我告訴她説我會跟她保持聯繫的。她對我説，要是我願意的話，可以跟她一起睡，但我説不啦，我還是走的好，安多里尼先生正在等我呢。然後我從大衣口袋裡掏出我那頂獵人帽送給她。她喜歡這種混帳帽子。她不肯收下來，可是我讓她收下了。我敢打賭她一定是戴著這頂帽子睡覺的。她的確喜歡這種帽子。然後我又告訴她說，我一有機會就打電話給她，說完我就走了出來。

不知什麼原因，從屋裡出來要比進去他媽的容易多了。主要是，我已經不怕他們發現我了。我真的不怕了。我心想，他們要是發現，就發現吧。說起來，我還真有點希望他們發現呢。

我一直走下樓去，沒坐電梯。我走的是後樓梯，一路上絆到了一千萬隻垃圾桶，差點把我的脖子都摔斷了，可是我終於走了出來。那個電梯小弟連看都沒看見我。他也許**還**以為我在樓上狄克斯坦家裡呢。

24

安多里尼夫婦住在蘇頓廣場一棟十分闊氣的公寓裡，進客廳得下兩階樓梯，還有個吧臺。我到那裡去過好幾次，因為我離開愛爾敦．希爾斯以後，安多里尼先生常常到我們家裡來吃晚飯，打聽我的情況。那時候他還沒結婚。等他結婚以後，我常在長島佛瑞司特山丘的西區網球俱樂部裡跟他和安多里尼太太一起打網球。安多里尼太太是俱樂部會員。她有的是錢。她比安多里尼先生大上六十歲左右，可是他們在一起似乎過得滿不錯的。主要是，他們兩個都很有學問，尤其是安多里尼先生，只是你跟他在一起的時候，他的小聰明往往勝過他的學問，有點像D.B.。安多里尼太太一般很嚴肅。她患有很嚴重的氣喘病。他們兩個都看過D.B.寫的所有短篇小說——安多里尼太太也看過——D.B.要到好萊塢去的時候，安多里尼先生還特地打電話給他，叫他別去，但他還是去了。安多里尼先生說像D.B.這樣有才華的作家，不應該到好萊塢去。這話簡直就跟我說的一樣，一字不差。

我本來想步行到他們家去，因為我想盡可能不花菲比過耶誕節的錢，可是我到了外面，覺得頭暈目眩，很不舒服，就叫了輛計程車。我實在不想叫車，但我終究叫了。我費了不知他媽的多少工夫才找到了一輛計程車。

電梯小弟最後好不容易才放我上去，那個雜種。我摁門鈴後，安多里尼先生出來開門。他穿著浴衣，趿著拖鞋，手裡拿著一杯摻蘇打水的冰威士忌。他是個很懂人情世故的人，也是個酒癮很重的人。「霍爾頓，我的孩子！天哪，你又長高了二十英寸。見到你真高興。」

「您好嗎？安多里尼先生，安多里尼太太好嗎？」

「我們兩個都很好。把大衣給我。」他從我手裡接過大衣掛好。「我還以為你懷裡會抱著一個剛出生的娃娃哩，沒地方可去，眼睫毛上還沾著雪花。」他有時候說話非常俏皮。他轉身朝著廚房喊道：「莉莉！咖啡煮好沒有？」莉莉是安多里尼太太的小名。

「馬上好啦，」她喊著回答。「是霍爾頓嗎？哈囉，霍爾頓！」

「哈囉，安多里尼太太！」

你到了他們家裡，就得大聲喊叫。原因是他們兩個從來不同時在一個房間裡。說起來真有點好笑。

「請坐，霍爾頓，」安多里尼先生說。你看得出他有點醉了。房間裡的情景好像剛舉行過派對似的。只見杯盤狼藉，碟子裡還有吃剩的花生。「房間亂得不像樣，請你見諒。我們招待了安多里尼太太的幾個從水牛城來的朋友……事實上，也真的是幾頭水牛。」

我笑了出來，安多里尼太太在廚房裡喊著，不知跟我說了句什麼話，可是我沒聽清楚。「她說什麼？」我問安多里尼先生。

「她說她進來的時候你別看她，她剛從床上起來。抽支菸吧。你現在抽菸了嗎？」

「謝謝，」我說。我在他遞給我的菸匣裡取了支菸。「只是偶爾抽一支。抽得不凶。」

「我相信你抽得不凶，」他說著，從桌上拿起一個很大的打火機給我點火。「那麼說來，你跟潘西不再是一體啦。」他說。他老用這方式說話。我有時候聽了很感興趣，有時候並不。他說的次數未免太多了點。我並不是說他的話不夠俏皮——那倒不——可是遇到一個人老說著「你跟潘西不再是一體啦」這種話，有時候你會覺得神經受不了。D.B.有時候也說得太多。

「問題出在哪？」安多里尼先生問我。「你的英文考得怎樣？要是你這個作文好手連英文都考不及格，那我可要馬上開門請你出去了。」

「哦，我英文倒及格了，雖說考的主要是文學。整個學期我只寫過兩篇作文。不過『口頭表達』我沒及格。他們開了一門叫作『口頭表達』的課程。**這**我沒及格。」

「為什麼？」

「哦，我不知道。」我實在不想細說。我還有點頭暈目眩，同時我的頭也突然痛得要命。真的。可是你看得出來他對這個問題很感興趣，因此我只好約略告訴他一些。「在這一科，每個學生都得在教室裡站起來演講。你知道。而且是即席演講。要是演講的學生離題了，你就得儘快對他大喊『離題啦』！我都快被逼瘋了。我得了個『F』。」

「為什麼？」

「哦，我不知道。那個離題的事情叫我受不了。我不知道。我的問題是，我喜歡人家離題。離了題反而更有趣。」

「要是有人跟你說什麼，你難道不希望他不要離題？」

「哦，當然啦！我當然希望他不要離題，可是我不希望他**太**不離題。我不知道怎麼說好。我猜我不喜歡人家**始終**不偏離主題。『口頭表達』裡得分最高的全是那些始終不會偏離主題的學生——這一點我承認。可是有個名叫理查·金斯拉的學生，演講的時候老是離題，他們老是對他喊『離題啦』！這種做法實在可怕。因為第一，他是個神經非常容易緊張的傢伙——我是說他的神經的確非常容易緊張——每次輪到他講話，他的嘴唇總是在發抖，而且你要是坐在教室後排，連他講的什麼都聽不清楚。可是等到他嘴唇抖得不那麼厲害的時候，我倒是覺得他講得比別人好。不過他差點也沒及格。他得了個+D，因為他們老對他大喊『離題啦』！舉例來說，有一次他演講的題目是他父親在佛蒙特買下的農莊。在他演講的時候大家卯起來對他大喊『離題啦』！教這一科的老師文森先生那一次給了他一個F，因為他沒有說出農莊上種什麼蔬菜、養什麼家畜。理查·金斯拉講了些什麼呢？

他剛開始講的是農莊——接著他突然講起他媽媽收到他舅舅寄來的一封信，講到他舅舅怎樣在四十二歲得了脊髓炎，他怎樣不願別人到醫院去看他，因為他不願有人看見他身上綁著支架。這跟農莊沒有多大關係——我承認——可是很有意思。只要有人跟你談起自己的舅舅，這就很有意思，尤其是他一開始談的是他父親的農莊，接著突然對自己的舅舅更感興趣。我是說要是他講得很有意思，也很興奮，那麼再對著他卯起來喊『離題啦』，實在有點近於下流……我不知道怎麼說好。實在很難解釋。」事實上我也不太想解釋。尤其是，我突然頭痛得厲害。我真希望安多里尼太太她老人家快送咖啡進來。這種事最讓我惱火——我是說有人跟你**說**咖啡已經煮好，其實卻還沒有。

「霍爾頓……再問你一個很簡短的、稍稍有點沉悶、還帶點學究氣的問題。你是不是認為每樣東西都該有一定的時間和地點？你是不是認為要是有人跟你談起他父親的農莊，他應該先把這問題談完，**然後再**改變話題去談他舅舅的支架？或者，他舅舅的支架既然是他那麼感興趣的題目，那麼他一開始就應該選它作講題，不應該選他父親的農莊？」

我實在懶得動腦筋和回答。我的頭痛得厲害，心裡也很不好過。我甚至有點胃痛了，老實告訴你。

「嗯——我不知道。我想他應該這樣。我是說我想他應該選他舅舅做演講題目，不應該選他父親的農莊，要是他最感興趣的是他舅舅的話，不過我的意思是，很多時候你簡直不知道自己對什麼最感興趣，除非你先談起一些你並不太感興趣的事情。我是說有時候你自己簡直做不了主。我的想法是，演講的人要是講得很有趣、很激動，那你就不應該打岔。我很喜歡人家講話激動，這很有意思。可惜您不熟悉那位老師，文森先生。他有時真能逼得你發瘋，他跟他那個混帳的班級。我是說他老是教你**統**一和**簡化**，有些東西根本就沒辦法統一和簡化。我是說你總不能只是因為人家**要**你統一和簡化，就能做到統一和簡化。可惜您不熟悉文森先生的為人。我是說他是有學問沒錯，但是看得出他沒多少腦子。」

「咖啡，各位，**終於**煮好啦，」安多里尼太太說。她用托盤端了咖啡和糕點進來。「霍爾頓，不許你偷看我一眼。我簡直是一團糟。」

「哈囉，安多里尼太太。」我說著，站了起來，可是安多里尼先生一把抓住了我的夾克，把我拉回到原處。安多里尼太太她老人家的頭髮上全是那種捲頭髮的鐵夾子，也沒搽口紅什麼的，看起來可不太漂亮。她顯得很老。

「我就放在這裡囉！快吃吧，你們兩個，」她說著，把托盤放在茶几上，將原先放著的一些空杯子推到一旁。

「你母親好嗎，霍爾頓？」

「很好，謝謝。我最近沒見到她，不過我最後一次……」

「親愛的，霍爾頓要是需要什麼，就在那個收被單的壁櫥裡找好了。最高一層的架子上。我去睡啦。我真累壞啦，」安多里尼太太說。看她的樣子也確實是累壞啦。「你們兩個自己鋪床行嗎？」

「我們可以照顧自己。妳快去睡吧。」安多里尼先生說。他吻了安多里尼太太一下，她跟我說了聲再見，就到臥室裡去了。他們兩個老是當眾接吻。

我倒了半杯咖啡，吃了大約半塊硬得像石頭一樣的蛋糕。可是安多里尼先生他老兄只是另外給自己調了杯加蘇打水的冰威士忌。他還把水摻得很少，你看得出來。他要是再不檢點，很可能變成個酒鬼的。

「幾個星期前我跟你爸爸一起吃午飯，」他突然說。「你知道不知道？」

「不，我不知道。」

「你心裡明白，當然啦，他非常關心你。」

「這我知道。我知道他非常關心我。」我說。

「他在打電話給我之前，顯然剛接到你最近的這位校長寫給他的一封頗讓他傷心的長信，信裡說你一點不肯用功。老是曠課。每次上課從來不準備功課。一句話，由於你各方面……」

「我並沒有曠課，學校裡是不准曠課的。我只是偶爾有一兩堂課沒上，例如我剛才跟您談起的那個『口頭表達』課，可是我沒有曠課。」

我實在不想討論下去。喝了咖啡我的胃好過了些，不過頭還是疼得厲害。

安多里尼先生又點了支菸。他抽得凶極了。接著他說：「坦白說，我簡直不知道跟你說什麼好，霍爾頓。」

「我知道。很少有人跟我談得來。我自己心裡有數。」

「我彷彿覺得你是騎在馬上瞎跑，總有一天會摔下來，摔得非常厲害。說老實話，我不知道你到底會摔成什麼樣子……你在聽我說嗎？」

「是。」

你看得出他正在那裡用心思索。

「或許到了三十歲，你坐在某個酒吧裡，痛恨每個看起來像是在大學裡打過橄欖球的人。或者，或許你受到的教育只夠你痛恨一些說『這是我跟他之間的祕密』的人。或者，你最後可能坐在哪家公司的辦公室裡，把一些文件夾朝離你最近的速記員扔過去。我真不知道。可是你懂不懂我說的意思呢？」

「懂。我當然懂，」我說。我確實懂。「可是您說的關於痛恨的那番話並不正確。我是說關於痛恨那些橄欖球運動員什麼的。您真的說得不正確。我痛恨的人並不多。有些人我也許能痛恨那麼一**下子**，像我在潘西認識的那個傢伙史泰德賴塔，還有另外那個傢伙羅伯特·阿克萊。我偶爾也痛恨他們——這點我承認——但我的意思是說我痛恨的時間並不太長。我要是有一陣子不見他們，要是他們不到我房裡來，或者要是我在餐廳裡吃飯時有一兩次沒碰到他們，我反倒有點想念他們。我是說我反倒有點想念他們。」

安多里尼先生有一陣子沒說話。他起身又拿了個冰塊放進酒杯裡，重新坐了下來。你看得出他正在那裡思索。不過我真希望他別再說下去了，有話明天說，但他正在興頭上。通常都是這樣，你越是不想說話，對方卻越是來勁，越是想跟你討論一番。

「好吧。再聽我說一分鐘的話……我的措辭也許不夠理想，可是我會在一兩天內就這個問題寫信給你的。那時候你就可以徹底理解了。可是現在先聽我說吧。」他又開始用心思索起來。接著他說：「我想像你這樣騎馬瞎跑，將來要是摔下來，可不是好玩的──那會是非同小可的一跤。摔下來的人，都感覺不到也聽不見自己著地。只是一股腦往下摔。這整個狀況是為哪種人安排的呢？只是為某一種人，他們在一生中這一時期或那一時期，想要尋找某種他們周遭環境無法提供的東西，或者尋找只是他們認為周遭環境無法提供的東西，於是他們停止尋找。他們甚至在還未真正開始尋找之前就已停止尋找。你在聽我說嗎？」

「是的，老師。」

「真的嗎？」

「真的。」

他站起來，又往自己的杯子裡倒了些酒再坐下。他有好一陣子沒說話。

「我不是存心嚇唬你，不過我可以非常清楚地預見到，你將會通過這樣或那樣的方式，為了某種微不足道的原因英勇死去。」他用異樣的目光望了我一眼。「我要是寫了什麼給你，你肯仔細看嗎？肯好好保存嗎？」

「好的。當然啦。」我說。我也的確做到了。他給我的那張紙，我到現在還保存著呢。

他走到房間另一頭的書桌邊，也不坐下，在一張紙上寫了些什麼。然後他拿著那張紙回來坐下。「奇怪的是，寫下這話的不是個職業詩人，而是個名叫威爾罕姆．斯塔克爾的精神分析學家。他寫的——你在聽我說話嗎？」

「是的，當然在聽。」

「他說的是：『一個不成熟男子的標記，是他願意為某種原因英勇地死去；一個成熟男子的標記，是他願意為某種原因謙卑地活著。』」

他探過身來，把紙遞給了我。我接過來當場讀了，謝了他，就把紙放進口袋。他為我這樣操心，真是難得。的的確確難得。但問題是，我當時實在不想用心思索。好樣的，我突然覺得他媽的**疲倦**極了。

可是你看得出他一點也不疲倦。主要是，他已經很醉了。「我想總有一天你得找出你想要去的地方。然後你非邁開步伐走去不可。不過你最好馬上邁開步伐。你絕不能再浪費一分鐘時間了。尤其是你。」我點了點頭，因為他正目不轉睛地看著我，我可不太清楚他在講些什麼。我是很有把握能懂得他的意思，不過我當時並不太清楚他在講些什麼。我實在他媽的太疲倦了。

「我不願意跟你說這話，可是我想，你一旦弄清楚了自己要往哪兒走，你的第一步就應該是在學校裡用功。你非這樣做不可。你是個學生——願意也好，不願意也好。你應該愛上學問。而且我想，你一旦通過了所有的維納斯先生和他們的『口頭表達』課的考驗，你就會發現……」

「是文森先生。」我說。他要說的是所有的文森先生，並不是所有的維納斯先生，可是我不該打斷他的話。

「好吧——所有的文森先生。你一旦通過了所有的文森先生的考驗，你就可以學到越來越多的知識——那是說，只要你想學、肯學、有耐心學——你就可以學到一些你最喜愛的知識。其中的一門知識就是，你將發現你並不是第一個對人類行為感到惶惑、恐懼、甚至噁心的人，在這方面你倒是一點也不孤獨，你知道後一定會覺得興奮，一定會受到鼓勵。歷史上有許許多多人都像你現在這樣，在道德上和精神上都有過徬徨的時期。幸而，他們當中有幾個將自己彷徨的經過記錄下來了。你可以向他們學習——只要你願意。正如有朝一日你若有什麼貢獻，別人也可以向你學習。這真是個極妙的輪迴安排。而且這不是教育。這是歷史。這是詩。」說到這裡他停住了，從酒杯裡喝了一大口酒，接著又往下說。好樣的，他確確實實在興頭上。我很高興自己沒打算攔住他什麼的。「我並不是想告訴你只有受過教育和有學問的人才能夠對這世界做出偉大的貢獻。這樣說當然不對。不過我的確要說，受過教育和有學問的人如果有聰明才智和創造能力——不幸的是，這樣的情況並不多——他們留給後世的紀錄比起那幫光有聰明才智和創造能力的人來，確實要寶貴得多。他們表達自己的思想更清楚，他們通常還有熱情把自己的思想貫徹到底。而且——最重要的一點——他們十有九個要比那種沒有學問的思想家謙恭得多。你有沒有在聽我說話？」

「有的，老師。」

他有好一陣子沒再吭聲。我不知道你是否有過這經歷，坐在那裡等別人說話，眼看著對方卯起來思索，那實在很不好受。的確很不好受。我盡力不讓自己打呵欠。倒不是我心裡覺得無聊——那倒不是——可是我突然睏得要命。

「學校教育還能給你帶來別的好處。你受教育到了一定程度，就會發現自己心智的尺寸，以及什麼對你心智的尺寸而言是合身的，什麼是不合身的。過了一段時間之後，你就會心裡有數，知道像你這樣尺寸的心智應該穿上什麼樣的思想外衣。主要是，這可以免得你浪費時間試穿一些對你不合身、不搭調的思想外衣。你慢慢就會知道你自己正確的尺寸，恰如其分地把你的頭腦裝扮起來。」

接著突然間，我打了個呵欠，真是個**無禮的雜種**，但我實在是身不由己！

不過安多里尼先生只是笑了一笑。

「來吧，」他說著就站了起來。「我們去把沙發收拾一下。」

我跟著他走到壁櫥那裡，他想從最高一層的架子上拿下些被單和毯子什麼的，可是他一手拿著酒杯，沒辦法拿那些東西。所以他先把酒喝乾，然後將杯子放到地板上，再把那些東西搬了下來，我幫他搬到沙發上，兩個人一起鋪床。他做這件事並不起勁，被單什麼的他都沒塞好，但我不在乎。我實在累了，就是站著都能睡覺。

「你的那些女朋友都好？」

「她們都不錯。」我的談吐真是糟糕透了，但我當時實在沒那心情。

「薩麗好嗎？」他認識薩麗．海斯大姊。我曾向他介紹過。

「她很好。今天下午我跟她見過面了。」好樣的，那好像是二十年前的事了！「我們兩個的共同點並不多。」

「漂亮得不得了的女孩。還有另外那個女孩呢？從前你跟我講起過的那個，在緬因的？」

「哦——琴．迦拉格。她很好。我明天大概要跟她通個電話。」

這時我們已把沙發鋪好。「就當是在自己家裡一樣，」安多里尼先生說。

「我真不知道你的兩條腿要往哪擺。」

「沒關係。我睡慣了短小的床鋪。非常感謝您，老師。您和安多里尼太太今晚真是救了我的命。」

「你知道廁所在哪，要是需要什麼，喊一聲就好了。我還要到廚房去一下——你怕不怕光？」

「不——一點也不。太謝謝啦。」

「好吧。明天見，小帥哥。」

「明天見，老師。謝謝您。」

他出去到廚房裡，我就走進廁所，把衣服脫了。我沒辦法刷牙，因為我沒帶牙刷。我也沒睡衣褲，安多里尼先生忘了借我一套，所以我只好回到客廳，把沙發邊的小燈關了，只穿著短褲鑽進了被窩。那沙發我睡起來確實太短，可是我真的站著都能睡覺，連眼皮都不眨一下。我醒著躺了才幾秒鐘，想著安多里尼先生剛才告訴我的那些話。關於找出你自己心智的尺寸什麼的。他的的確確是個很聰明的傢伙。可是我的那兩隻混帳眼睛實在張不開了，所以我就睡著了。

接著發生了一件事。我甚至連談都不願談。

我一下子醒了。我也不知道是什麼時候，可是我一下子醒了，感覺到頭上有什麼東西，像是一個人的手。好樣的，這真把我嚇壞了。那是什麼呢？原來是安多里尼先生的手。他在幹什麼呢？他正坐在沙發旁邊的地板上，在黑暗中撫摸著或者輕輕拍著我的混帳腦袋。好樣的，我敢打賭我跳得足足有一千英尺高。

「你這是他媽的**幹什麼**？」我說。

「沒什麼！我只是坐在這裡，欣賞……」

「你到底在**幹什麼**，嗯？」我又說了一遍。我真他媽的不知說**什麼**好——我是說我當時窘得要命。

「你把聲音放低些好不好？我只是坐在這裡……」

「我要走了，嗯，」我說——好樣的，我心裡緊張極了；我開始在黑暗中穿我那條混帳褲子。我真他媽的緊張到了極點，連褲子都穿不上了。我在學校之類的地方遇過的性變態比誰都多，他們總是在看見**我**的時候毛病發作。

「你要上**哪**去？」安多里尼先生說。他想裝出他媽的很輕鬆、很冷靜的樣子，可是他並不他媽的太冷靜。相信我。

「我的手提箱什麼的都在車站裡。我想我最好去一趟把它們取出來。我的東西全在裡面呢。」

「早上也能取。現在快睡吧。我也要去睡了。你這是怎麼啦?」

「沒什麼,就是有一隻手提箱放著我所有的錢什麼的。我馬上回來。我會叫輛計程車,馬上回來。」好樣的,我在黑暗中跌跌撞撞地簡直站不穩腳。「問題是,那錢不是我的。它是我媽的,我……」

「別胡扯啦,霍爾頓。快睡吧。我也要去睡了。錢不會少的,你可以早上……」

「不,我不是說著玩的。我非去不可。我真的非去不可。」我他媽的都已穿好衣服,只是找不著領帶。我再也記不起把領帶放在什麼地方了。我就不打領帶,穿好夾克。安多里尼先生他老兄坐在離我不遠的一把大椅子上望著我。房裡一片漆黑,我看不太清楚他的動作,但我知道他正望著我。而且他還在那兒喝酒呢。我都看得見他手裡拿著那只盛有冰威士忌的酒杯。

「你是個十分、十分奇怪的孩子。」

「這我知道,」我說。我甚至沒仔細尋找我的領帶。所以我不打領帶就走了。「再見吧,老師,非常感謝您。真的。」

我往前門走去的時候,他一直跟在我後面;當我摁電梯鈕的時候,他就站在那個混帳的門廊裡。他什麼也沒說,只是重複了一遍剛才的話,說我是個「十分、十分奇怪的孩子」。奇怪個屁!然後他就站在門廊裡等著,直等到混帳電梯上來。我這混帳一輩子裡等電梯再也沒等這麼久過，我可以對天發誓。

我在那兒等電梯，他也一直站著不動，我真不知道他媽的跟他說些什麼好，所以我就說：「我要開始讀幾本好書了。真的。」我是說你總得講些什麼才好。那情況真是尷尬極了。

「你拿了手提箱，馬上就回這兒來。我不鎖門。」

「非常謝謝，再見！」電梯終於上來了，我就進了電梯下樓。好樣的，我像個瘋子似的索索亂抖。我渾身還在冒汗。每次遇到這種性變態的事，我就會渾身冒汗。我從孩提時候起，這種事遇到恐怕有二十次了。我實在受不了。

25

到了外面，天已濛濛亮。天氣也冷得要命，但我覺得很舒服，因為我身上正在拚命出汗哩。

我不知道他媽的往何處去好。我不想再去旅館把菲比的錢花光。所以最後我往萊克辛敦走去，從那裡坐地鐵到中央大車站，我的兩隻手提箱就寄放在那兒，那兒的混帳候車室裡有的是長椅，我打算就在椅子上睡一覺。我果真這麼做了。有那麼一段時間我睡得還不壞，因為候車室裡人不多，我可以把兩隻腳擱在椅子上。可是我不想細談這事。這不是什麼好事。你千萬別去嘗試。我說的是真話。它會讓你很洩氣。

我只睡到九點，因為那時有千百萬人湧進了候車室，我只好把兩隻腳放下來。兩隻腳一擱到地板上，我就再也睡不好覺，所以我就坐了起來。我的頭痛還沒好，而且更厲害了，我只覺得這輩子從來沒這麼洩氣過。

我心裡並不願意，但我不由自主地想起安多里尼先生他老兄來，我想著安多里尼太太看見我沒睡在那兒，要是問起來，不知安多里尼先生會怎麼說。不過這問題我並不太擔心，因為我知道安多里尼先生非常聰明，他可以編些什麼來向她搪塞。他可以告訴她我已經回家了什麼的。這問題我並不太擔心。**真正**讓我放不下心的，是我不知道自己怎麼會醒來發現他輕輕拍著我的頭。我是說我在懷疑或許是我自己猜錯了，他並沒有什麼斷袖之癖。我在想他或許只是偏好在別人睡著的時候輕輕拍他的頭。我是說這種事你怎麼能斷定呢？你沒辦法斷定。我甚至開始想著我應不應該取出我的手提箱回到他家去，就像我答應他的那樣，我是說我開始想到即使他是個同性戀，他待我當然一直非常好。我想到我這麼晚打電話給他，他卻一點也不見怪，還叫我馬上就去，要是我想去的話。我又想到他一點也不怕麻煩，給了我忠告，要我找出心智的尺寸什麼的；還有那個我跟你提起過的詹姆士·凱瑟爾，他死的時候就只有他一個人敢**走近**他。我心裡想著這一切，越想越洩氣。我是說我開始想到我或許**應該**回到他家去。或許他只是隨便拍拍我的頭。反正我越想這件事，心裡就越洩氣，精神也越沮喪。更糟糕的是，我的眼睛疼得要命。由於睡眠不足，我的兩眼熱辣辣的，疼得要命。再說，我還有點感冒了，但我身上連一塊混帳手帕都沒有。我的手提箱裡倒是有幾條，可是我並不想把箱子從寄物處牢固的鐵箱裡取出來，在公共場所當眾把它打開。

我旁邊的長椅上不知誰丟了一本雜誌在那裡，我就拿了看起來，本想借此轉移思緒，至少暫時不去想安多里尼先生和千百萬樣其他事情。不過我看了那篇混帳文章，心裡反倒更不好過了。文章裡談的全是荷爾蒙，說是如果你身上的荷爾蒙正常，你的臉色應該怎樣，眼神應該怎樣，但我完全不是那個樣。我倒是跟文章裡所描寫的那種荷爾蒙失調的人一模一樣，因此我開始為我的荷爾蒙擔心起來。接著我看了另外那篇文章，寫的是怎樣預測自己有沒有得癌症，說是你嘴裡要是有什麼潰瘍，一時好不了，那可能就是癌症的症狀。我的嘴唇裡面正好有個潰瘍，已有**兩個星期**了，因此我懷疑自己已經得了癌症。這雜誌倒是一針小小的興奮劑。最後我不看雜誌了，出去外面散了一會兒步。我猜自己大概會在一兩個月內死去，因為我得了癌症。我真是這樣想的。我甚至肯定自己一定會死去。這當然不是太舒服的感覺。

天像是要下雨的樣子，但我還是出去散步了。主要是，我覺得我應該吃點早飯。我肚子並不餓，可是我覺得我至少應該吃點什麼。我是說至少吃點有維生素的東西。於是我信步往東走去，那兒有不少便宜的餐館，因為我不想花很多的錢。

我一路走去，看見有兩個傢伙在一輛卡車上卸一棵大耶誕樹。一個傢伙不停地跟另一個說：「把這婊子養的抬起來！抬起來，老天爺！」稱耶誕樹為婊子養的，確實少見少聞。可是說來可怕，我聽在耳裡，竟還覺得有點好笑，所以我不由得笑起來。這實在是我千不該萬不該做的最糟糕的事，因為我才一笑，就覺得想吐。確實是這樣。我甚至開始嘔吐起來，可是不久也就好了。我不知道這是怎麼回事。我是說我不曾吃過任何不衛生的東西，而且我的胃一向很健康。總而言之，不管怎樣我慢慢好了，我心想要是去吃些東西，說不定還能更好過一些。因此我走進一家外觀看起來非常便宜的餐館，要了份甜甜圈和咖啡。不過，我沒吃那份甜甜圈。我實在嚥不下去。問題是，你要是為了某件事情心裡沮喪得要命，就會食不下嚥。那個服務生倒真不錯。他把那份甜甜圈拿了回去，沒收我錢。我只喝了咖啡。然後我走出餐館，開始向第五大道走去。

今天是星期一，離耶誕節已經很近，所有店家也都開門了。因此在第五大道上散步還滿不錯的，很有耶誕節氣氛。所有那些瘦瘦的耶誕老人全都站在角落裡搖著鈴，還有那班救世軍姑娘——臉上不搽脂粉和口紅什麼的——也在那兒搖鈴。我東張西望，尋找昨天吃早飯時遇見的那兩個修女，可是沒看見她們。我知道我不會看到她們，因為她們告訴我說她們是到紐約來當教師的，但我還是卯起來找她們。總而言之，突然間已是一片耶誕節氣象。千萬個小孩子跟母親一起來到市中心，在公共汽車裡上上下下，在商店裡進進出出。我真希望菲比老妹在我身邊。她已經不是那種幼稚的孩子，一進兒童玩具部就高興得命都不要了，不過她倒是喜歡湊熱鬧找樂子。前年耶誕節我曾帶她一起到市中心買東西。我們的確樂了一陣子。我想那次是在布魯明德百貨公司。我們一起進了男女鞋販賣部，假裝她——菲比老妹——要買一雙高統靴，那種靴子恐怕有一百萬個穿鞋帶的孔。我們簡直把那個可憐的售貨員折騰死了。菲比老妹試了大約二十雙，每試一雙，那個可憐的傢伙就得把一隻鞋子上面的鞋帶全都繫好。這實在是種下流的把戲，可是差點就把菲比老妹笑死了。最後我們買了雙鹿皮靴，付了錢。那個售貨員倒是十分和氣。我想他也知道我們是在鬧著玩，因為菲比老妹老是咯咯笑個不停。

總而言之，我就這樣沿著第五大道一直往前走，沒打領帶什麼的。接著突然間，一件非常可怕的事發生了。每次我要穿過一條街，腳才跨下混帳人行道邊緣，心裡馬上有一種感覺，好像我永遠到不了對街。我覺得自己會永遠往下走、走、走，沒有人能再見到我了。好樣的，我真是嚇壞了。你簡直沒辦法想像。我又渾身冒起汗來——我的襯衫和內衣整個濕透了。接著我想出了一個主意。每當要穿過一條街，我就假裝跟我的弟弟艾利說話。我這樣跟他說：「艾利，別讓我消失。艾利，別讓我消失。艾利，別讓我消失。拜託啦，艾利。」等我走到街對面，發現自己並沒有消失，我就向他道謝。等我要穿越另一條街的時候，我又從頭來一遍。可是我卯起來往前走著。我大概是怕停下來，我想——我記不太清楚了，說實話。我知道我一直走到第六十幾大道才停住腳步，都已經走過動物園什麼的了。之後我在一把長椅上坐了下來，整個已經喘不過氣來了，渾身還在冒汗。我在那兒坐了恐怕有一個鐘頭，我猜。最後，我打定主意，決定遠走高飛。我下定決心不再回家，也不再到另一所混帳學校裡去念書了。我決定再見菲比老妹一面，向她告別，把她過耶誕節的錢還她，然後一路搭便車到西部去。我要怎麼做呢？我想我會先到荷蘭隧道攔一輛車，然後再攔一輛，然後再一輛、再一輛，這樣沒幾天我就能到達西部，那兒陽光明媚、景色美麗；那兒沒有人認識我，我可以隨便找個工作做。我想我可以在一個加油站裡找個工作，替人家的汽車加油什麼的。不過我並不在乎找到的是什麼樣的工作，反正只要沒人認識我、我也不認識任何人就行。我又有了一個主意，打算到了那兒，就假裝又聾又啞，這樣就不必跟任何人講任何混帳廢話了。要是有人想跟我說什麼，就得寫在紙上遞給我。用這種方法交談，過不多久他們就會煩得要命，這樣我的下半輩子就再也用不著跟人說話了。人人都會認為我是個可憐的又聾又啞的雜種，誰都不會來打擾我。他們會讓我把汽油灌進他們的混帳汽車，他們會給我一份工資，我用自己賺來的錢蓋一棟小屋，終生住在裡面。我準備把小屋蓋在樹林旁邊，而不是蓋在樹林裡面，因為我喜歡屋裡一天到晚都有充足的陽光。我自己打理一日三餐，以後我如果想結婚什麼的，可以找一個像我一樣又聾又啞的美麗姑娘。我們結婚以後，她就搬來跟我一起住在我的小屋裡，她如果想跟我說什麼話，也得寫在一張混帳紙上，像別人一樣。我們如果生了孩子，就把他們送到什麼地方藏起來。我們可以給他們買許許多多書，親自教他們讀書寫字。

我這樣想著想著，心裡興奮得要命。我的確興奮。我知道假裝又聾又啞那一段十分荒唐，可是我喜歡這樣想。不過我倒是真的打定主意要到西部去。我要做的第一件事是向菲比老妹告別。因此突然間，我像個瘋子似的跑著穿越馬路——差點連命都送掉了，我老實告訴你——到一家文具店裡買了枝鉛筆和一疊紙。我想寫張字條給她，叫她到什麼地方來跟我碰個面，以便向她道別，同時把她過耶誕節用的錢還給她。我打算先寫好字條，然後拿到學校裡去，叫校長室的什麼人把字條送去給她。但我只是把紙和鉛筆塞進口袋，飛快地朝她學校走去——我心裡實在太興奮，沒辦法在文具店裡寫那張字條。我走得非常快，因為我要她在回家吃午飯之前收到那字條，但剩下的時間已經不多了。

我知道她學校在什麼地方，當然啦，因為我小時候也在那兒上學。我到了那兒以後，卻有一種異樣的感覺。我本來沒有把握，不知道自己是否還記得裡面的情景，可是到了那裡，才發現自己記得很清楚。裡面的一切跟我上學的時候一模一樣。還是那個大操場，光線老是有點暗淡，燈泡外面裝有罩子，球打在上面不會破。場地上依舊到處是白圈圈，以便賽球什麼的。籃球架上依舊沒有網——只有木板和鐵圈。

到處一個人也沒有，或許因為不是下課時間，午餐時間也還沒到。我只看見一個黑人小孩，正向廁所走去。他屁股後面的口袋裡插著塊木頭許可牌，那許可牌也跟我們過去用的一模一樣，用來證明他已經獲得上廁所的許可。

我身上還在冒汗，可是沒像剛才那麼厲害了。我走到樓梯邊，坐在第一級階梯上，拿出我剛才買的紙和鉛筆。那樓梯有一股氣味，也跟我過去上學的時候一模一樣，像是剛有人在上面撒了泡尿似的。學校裡的樓梯老有那種氣味。不管怎樣，我坐在那兒寫了這麼張字條：

親愛的菲比：

我沒辦法等到星期三了，也許要今天下午搭便車到西部去。如果可以，請妳在十二點十五分到博物館的藝術館門邊來跟我碰頭，我可以把妳過耶誕節用的錢還給妳。我沒有花掉多少。

愛妳的 霍爾頓

她的學校可以說恰恰就在博物館旁邊，她回家吃午飯時反正會經過，所以我知道她一定能前來跟我碰頭。

接著我上樓向校長室走去，想找個人送這張字條到她教室裡。我把字條摺了恐怕有十幾摺，不讓人隨便拆開偷看。在一個混帳學校裡，你簡直信不過任何人。但我知道他們要是聽說我是她哥哥什麼的，一定會把字條送給她。

我上樓的時候，突然覺得自己好像又要吐了。只是我沒吐出來。我就地坐了一秒鐘，覺得好過了一些。但我剛坐下，就發現一件事情，差點把我氣瘋了。有人在牆上寫了個「幹」。我見了真他媽的差點氣死。我想到菲比和別的那些小孩子會看到，不知這是他媽的什麼意思，最後總有個下流的孩子會解釋給他們聽——同時把眼睛那麼一斜，當然啦——以後有一兩天的時間，他們會一直想著這件事，甚至或許會嘀咕著這事。我真希望親手把寫這個字的人殺掉。我猜想大概是哪個性變態的癟三在深夜裡偷偷溜進了學校，撒了泡尿什麼的，然後在牆上寫下這個字。我不停地幻想自己怎樣在他寫字的時候逮到他，怎樣揪住他的腦袋往石階上撞，撞到他頭破血流，直挺挺地死在地上。可是我也知道自己沒勇氣這麼做。我知道得很清楚。這就使我更加洩氣。我甚至沒勇氣用手把這個字從牆上擦掉，老實告訴你。我生怕哪個教師撞見我在擦，還以為是我寫的。可是我最後還是把字擦掉了，然後我繼續上樓向校長辦公室走去。

校長好像不在，只有一個大約一百歲的老太太坐在一架打字機前。我跟她說我是4B-1班菲比．考爾菲德的哥哥，我麻煩她把這張字條送去給菲比。我說這件事非常重要，因為我母親病了，沒辦法給菲比準備午飯，她得到約定的地方跟我會面，一起到咖啡館裡去吃飯。這位老太太倒是十分客氣，她從我手裡接過字條，叫來了隔壁辦公室裡的另一位太太，那太太就給菲比送去了。接著那個大約一百歲的老太太就跟我聊起天來。她十分和氣，我就告訴她說，我，還有我哥哥和弟弟，過去也都念這所學校。她問我現在念哪裡，我說潘西，她說潘西是個非常好的學校。即使我想要糾正她的看法，我怕自己也沒這力量。再說，她要是認為潘西是個非常好的學校，就讓她那麼認為好了。誰都不樂意把新知識灌輸給那些大約一百歲的老人。他們不愛聽。過了一會兒後，我就走了。奇怪的是，她竟也向我大聲喊著「祝你好運」！就跟我離開潘西時史賓塞老兄喊的一模一樣。老天，我最恨的就是我離開什麼地方的時候有人對我喊「祝你好運」！我一聽心裡就煩。

我從另一邊樓梯下去，又在牆上看見那個「幹」字。我又想用手把字擦掉，但這個字是用刀子什麼的刻上去的，所以怎麼擦也擦不掉。總而言之，反正這是件沒希望的事。哪怕給你一百萬年，世界上那些「幹」的字樣你大概連一**半**都擦不掉。那是不可能的。

我望了望操場上的大鐘，才十一點四十，離跟菲比老妹約的時間還很早，所以我還有不少時間可以消磨。但我只是向博物館走去。此外我也實在沒有其他地方可去。我心想，在我搭車西去之前要是路過公用電話亭，或許跟琴·迦拉格通個電話，但我沒那心情。主要是，我甚至不知道她放假回家了沒有。因此我逕自走到博物館，在那兒徘徊。我在博物館裡等菲比，就在大門裡邊，忽然有兩個小孩走過來，問我知不知道木乃伊在哪。那個問我話的小孩褲子全沒扣鈕釦。我告訴他這件事，他就在站著跟我說話的地方把鈕釦一一扣上了——他甚至都不躲到柱子後面什麼的。真夭壽。我很想笑出來，但深怕自己又會想吐。「木乃伊在哪兒，喂？」那孩子又問了一遍。「你知道嗎？」

我鬧了他們一會兒。「木乃伊？那是什麼東西？」我問那個孩子。

「你知道。**木乃伊**——死了的人。就是葬在粉裡的。」

粉。真夭壽。他說的是墳。

「你們兩個怎麼不上學？」我說。

「今天不上課。」那孩子說，兩個孩子裡面就他一個說話。我十拿九穩他是在撒謊，這個小雜種。在菲比老妹來到之前，我實在沒事可做，因此我領著他們去找放木乃伊的地方。好樣的，以前我很清楚木乃伊的位置，可是我有很多年沒到博物館來了。

「你們兩個對木乃伊那麼感興趣？」我說。

「是啊。」

「你的那個朋友會說話嗎？」我說。

「他不是我的朋友。他是我弟弟。」

「他會說話嗎？」我望著那個一直沒開口的孩子說。「你到底會不會說話？」我問他。

「會，我只是不想說話。」

最後我們找到了放木乃伊的地方，我們就走了進去。

「你們知道埃及人是怎樣埋葬死人的嗎？」我問那個講話的孩子。

「不知道。」

「呃，你們應該知道。這十分有趣。他們用布把死人的臉包起來，那布都用一種化學藥水祕方浸過。這樣他們可以在墳裡埋葬幾千年，他們的臉一點也不會腐爛。除了埃及人誰也不知道怎麼搞這一套，連現代科學也不知道。」

要進入放木乃伊的地方，得先通過一個非常窄的門廳，門廳一壁的石頭全都是從法老的墳上拆下來的。門廳裡十分陰森可怕，你看得出跟我一起來的這兩個木乃伊愛好者不太喜歡。他們緊靠著我，那個不講話的孩子簡直拉住我的袖子不放。「我們走吧，」他對他哥哥說。「我已經看過啦。走吧，喂。」他轉身走了。

「他的膽子像老鼠一樣小，」另外那個孩子說。「再見！」他也走了。

於是只剩下我一個人在墳裡了。說起來，我倒是有點喜歡這地方。這兒是那麼舒服，那麼寧靜。接著突然間，你絕猜不著我在牆上看見了什麼。另外一個「幹」。是用紅筆之類的東西寫的，就寫在石頭底下鑲玻璃的牆下面。

麻煩就在這裡。你永遠找不到一個舒服、寧靜的地方，因為這樣的地方並不存在。你或許**以為**有這樣的地方，但當你到了那兒，只要一不注意，就會有人偷偷溜進來，在你的鼻子底下寫個「幹」。你不信可以試試。我甚至這樣想，等我死後，他們會把我葬到墓地裡，給我立一個墓碑，上面寫著「霍爾頓．考爾菲德」，以及哪年生哪年死，然後就在這下面是個「幹」字。我有十足的把握，說實在的。

我從放木乃伊的地方走出來，就急著上廁所。我好像是瀉肚子了，老實告訴你。我倒不太在乎自己瀉肚子，可是接著又發生了另外一件事情。我剛從廁所裡出來，就一下暈過去了。我的運氣還算不錯。我是說我要是一頭撞在石頭地上，很可能撞死的，但我只是側身倒下去。說來奇怪，我暈過去後醒來，倒是好過了一些，的確這樣。我的一隻手臂摔痛了一點，但我暈得不像剛才那麼厲害了。

已經快到十二點十分了，所以我就出去站在門邊，等候菲比。我心想，這大概是我最後一次跟她見面，我的意思是說這大概是我最後一次見到我的親人了。我猜以後大概還會跟我的親人見面，但總得在好些年以後。我想，我可能在三十五歲左右再回家一次，那也只是家裡有什麼人生病，在死前想見我一面，要不然我說什麼也不會離開我的小屋回家。我甚至開始想像回家以後會是什麼樣子。我知道我媽會歇斯底里發作，哭哭啼啼地求我留在家裡，叫我別再回到我的小屋去，但我還是要走。我會裝出若無其事的樣子，先讓我媽平靜下來，然後走到客廳另一頭，取出菸盒來點一支菸，冷靜得要命。我請他們大伙兒有空到我那兒去玩，可是我並不強求他們去。我倒是打算這麼做，我打算讓菲比老妹在夏天、耶誕節和復活節到我那裡來度假。D.B.要是想找一個舒服、清靜的地方寫作，我也可以讓他到我那兒來住，只是他不能在我的小屋裡寫什麼電影劇本，只能寫短篇小說和其他著作。我要定出這麼個規則，凡是來看我的人，都不准在我家裡做任何裝模作樣的事。誰要是想在我家裡作假，就馬上請他走路。

突然，我抬頭一看寄物處那裡的鐘，已經十二點三十五了，我開始擔心起來，生怕學校裡的那個老太太已經偷偷地囑咐另外那位太太，叫她別給菲比老妹送信。我擔心她或許叫那位太太把字條燒了什麼的。這麼一想，我心裡真是害怕極了。我在上路之前，倒真想見菲比老妹一面，我是說我還拿了她過耶誕節的錢哩。

終於，我看見她了。我從門上的玻璃裡望見了她。我之所以老遠就望見她，是因為她戴著我的那頂混帳獵人帽——這頂帽子你在十英里外都望得見。

我走出大門跨下石階迎上前去。我不明白的是，她隨身還帶著一隻大手提箱。她正在穿過第五大道，一路拖著那隻混帳大手提箱。她簡直連拖都拖不動。等我走近一看，她拿的原來是我的一隻舊箱子，是我在胡敦念書時用的。我猜不出她拿來究竟他媽的是要幹什麼。「嘿。」她走近我的時候這麼嘿了一聲，她被那隻混帳手提箱累得都上氣不接下氣了。

「我還以為妳不來了呢。那箱子裡裝什麼？我什麼也不需要，就這樣動身，連寄放在車站裡的那兩隻手提箱我都不準備帶走。箱子裡到底他媽的裝了些什麼？」

她把手提箱放下來。「我的衣服。我要跟你一起走。可以嗎？行不行？」

「什麼？」我說。她一說這話，我差點倒在地上。我可以對天發誓我真是這樣。我覺得一陣昏眩，心想大概又要暈過去了。

「我拿著箱子坐後面的電梯下來的，所以查麗娜沒看見我。箱子不重。我只帶了兩件衣服、我的鹿皮靴、我的內衣和襪子，還有其他一些零碎東西。你拿看看，一點都不重。你試試看……我能跟你去嗎？霍爾頓？我能嗎？**拜託**啦。」

「不行。給我住嘴。」

我覺得自己馬上要暈過去了。我是說我本來不想跟她說住嘴什麼的，可是我覺得自己又要暈過去了。

「幹嘛不可以？拜託啦，霍爾頓；我絕不會給你添麻煩——我只是跟你一起走，只是跟你走！我甚至連衣服也不帶，要是你不要我帶的話——我只帶我的……」

「妳什麼也不能帶，因為妳不能去。只有我一個人去，所以快給我住嘴。」

「**拜託**啦，霍爾頓。**請**讓我去吧。我可以十分、十分、十分——你甚至都不會……」

「妳不能**去**。快給我住嘴！把那箱子給我。」我說著，從她手裡奪過箱子。我幾乎要動手揍她。我真想給她一巴掌。真的。

她哭了起來。

「我還以為妳要在學校裡演戲呢。我還以為妳要演本尼迪克特．阿諾德呢。」我說得難聽極了。「妳這是要幹什麼？不想演戲啦，老天爺？」她聽了哭得更凶了。我倒是很高興。突然間，我很希望她把眼珠子都哭出來。我幾乎有點恨她了。我想我最恨她的一點是因為她跟我走了以後，就不能演那齣戲了。

「走吧，」我說。我又跨上石階向博物館走去。我當時想要做的，是把她帶來的那隻混帳手提箱存到寄物處裡，等她三點鐘放學的時候再來取。我知道她沒辦法拎著箱子去上學。「喂，來吧。」我說。

可是她不肯跟我一起走上石階。她不肯跟我一起走。於是我一個人上去，把手提箱送到寄物處存好，又走了回來。她依舊站在人行道上，可是她一看見我向她走去，就一轉身背對著我。她做得出來。她只要想轉身，就可以轉過身去不理你。「我哪兒也不去，我已經改變主意了，所以別再哭了。」好笑的是，我說這話的時候她根本沒在哭，但我還是這麼說。「喂，走吧。我送妳回學校去。喂，走吧。妳要遲到啦。」

她不肯理我。我想拉她的手，可是她不讓我拉。她不停地轉過身去背對著我。

「妳吃午飯了沒有？妳吃過午飯了沒有？」我問她。

她不肯理我。她只是脫下我那頂紅色獵人帽——就是我給她的那頂——劈頭朝我扔來。接著她又轉身背對著我。真夭壽，可是我沒說什麼，只是把帽子撿了起來，塞進我的大衣口袋。

「走吧，喂。我送妳回學校去。」我說。

「我不回學校。」

我聽了這話，一時不知怎麼說好，只是在那兒默默站了一兩分鐘。

「妳一**定**得回學校去。妳不是要演戲嗎？妳不是要演本尼迪克特．阿諾德嗎？」

「不演了。」

「妳當然要演，妳一定要演。走吧，喂，咱們走吧。首先，我哪兒也不去了，我剛才不是說了嘛。我要回家去。妳一回學校，我也馬上回家。我先去車站取我的箱子，然後直接回……」

「我說過我不回學校了。**你**愛幹什麼就幹什麼，可是我不回學校，所以你給我住嘴。」她叫我住嘴，這還是破天荒頭一遭。聽起來實在可怕。老天爺，聽起來實在可怕。比說髒話還可怕。她依舊不肯看我一眼，而且每次我把手搭在她肩上什麼的，她總是不讓我搭。

「聽著，妳想不想散散步呢？」我問她。「妳想不想去動物園？要是我今天下午不叫妳回去上學，帶妳散散步，妳能不能打消這種混帳念頭？」

她不肯理我，所以我又重複了一遍。「要是我不叫妳回去上學，帶妳散散步，妳能不能打消這種混帳念頭？妳明天能不能乖乖上學去？」

「也許能，也許不能。」她說完，就馬上跑過馬路，也不看看有沒有車。有時候她簡直是個瘋子。

但我並沒有跟著她去。我知道她會跟著我，因此我就朝動物園走，走的是靠公園那邊的街道。她呢，也朝動物園的方向走去，只是走的是他媽的街道**另一邊**。她不肯抬起頭來看我，但我看得出她大概從她的混帳眼角瞄我，看我往哪兒走。總而言之，我們就這樣一直走到動物園。我唯一覺得不放心的時候是有輛雙層公共汽車開過，因為那時我看不見街對面，看不到她在他媽的什麼地方。但等我們到了動物園以後，我就大聲向她喊道：「菲比！我進動物園去了！來吧，喂！」她不肯正眼看我，但我看得出她聽見了我說的話。我走下臺階進動物園的時候，回頭一望，看見她也穿過馬路跟來了。

由於天氣不好，動物園裡的人不多，可是在海獅的池子旁邊倒圍著一些人。我邁步繼續往前走，可是菲比老妹停住腳步，似乎要看人餵海獅吃東西——有個傢伙在朝牠們扔魚——因此我又走了回去。我猜這是跟她和解的好機會，於是我就走去站在她背後，把兩手搭在她肩上，但她膝蓋一彎，從我手中溜出去了——她只要有心，的確很能嘔人。她一直站在那兒看人餵海獅，我也就一直站在她背後。我沒再把手搭在她肩上什麼的，因為我要是再這麼做，她**當真**還會給我難看。孩子們都很可笑。你跟他們打交道的時候可得留神。

我們從海獅那兒走開的時候，她不肯跟我並排走，但離我也不算太遠。她靠人行道的一邊走，我靠著另一邊走。這當然不算太親密，可是跟剛才那麼離我一英里相比，總算好多了。我們走上小山看了看熊，但那兒沒什麼可看的。只有一頭熊在外面，那頭北極熊。另一頭棕色的躲在牠的混帳洞穴裡，不肯出來。你只看得見牠的屁股。有個小孩子站在我旁邊，戴了頂牛仔帽，幾乎把耳朵都蓋住了，他不停地跟他父親說：「叫牠出來嘛，爸爸，想辦法叫牠出來。」我望了菲比老妹一眼，可是她不肯笑。你知道孩子們生你氣的時候是什麼樣子。他們連笑都不肯笑。

我們離開熊以後，就走出動物園，穿過公園裡的小馬路，又穿過那條小隧道，隧道裡老是有一股尿騷味。從這兒往前去是旋轉木馬。菲比老妹依舊不肯跟我說話什麼的，不過已經走在我身旁了。我一時高興，伸手拉住她大衣後面的帶子，可是她不肯讓我拉。她說：「請放手，您要是不介意的話。」她依舊在生我的氣，不過已經不像剛才那麼嚴重了。總而言之，我們離旋轉木馬越來越近，已經聽得見那裡演奏的熱鬧音樂了。當時演奏的是〈哦，瑪麗！〉，大約在五十年前我還很小的時候，演奏的也是這首曲子。旋轉木馬就是這一點好，它們奏來奏去總是那幾首老曲子。

「我還以為旋轉木馬在冬天**不開放**呢。」菲比老妹說。這是她頭一次開口跟我說話。她大概忘了在生我的氣。

「也許是因為到了耶誕節的緣故。」我說。

她聽了我的話並沒有吭聲。她大概記起了在生我的氣。

「妳要不要進去騎一下子？」我說。我知道她很可能想騎。她還很小的時候，艾利、D.B.和我常常帶她上公園，她就最喜歡旋轉木馬。你甚至都沒辦法叫她離開。

「我太大啦。」她說。我本來以為她不會搭理我，可是她回答了。

「不，妳不算太大。去吧。我在這兒等妳。去吧。」我說。這時我們已經走到了旋轉木馬邊上。裡面有少數幾個孩子騎在木馬上，大都是很小的孩子，有幾個孩子的父母在外面等著，坐在長椅上什麼的。我於是走到售票窗口，給菲比老妹買了一張票。然後我把票給了她。她就站在我身旁。「這個，等等——把剩下的錢也拿去。」我說著，就把她借給我的錢所有用剩下來的都拿出來給她。

「你拿著吧。替我拿著，」她說。接著她馬上加了一句——「拜託啦。」

有人跟你說「拜託啦」之類的話，聽了當然很洩氣。我是說像菲比這樣的人。我聽了的確非常洩氣。不過我又把錢放回口袋裡。

「你騎不騎？」她問我。她望著我，目光有點異樣。你看得出她已不太生我的氣了。

「我也許下次再騎。我先看妳騎。票拿好了？」

「唔。」

「那麼快去——我就坐在這兒的長椅上。我看妳騎。」我過去坐在長椅上，她也過去上了旋轉木馬。她繞著旋轉木馬走了又走。我是說她繞著旋轉木馬整整走了一圈。然後她在那隻看起來很舊的棕色大木馬上坐下。接著旋轉木馬轉了起來，我看著她轉了一圈又一圈。另外還有五、六個孩子騎在木馬上，正在演奏的曲子是〈煙熏到你的眼睛〉，調調完全像爵士音樂，聽起來很滑稽。所有的孩子都想抓住那只金圈，菲比老妹也一樣，我很怕她會從那匹混帳木馬上掉下來，可是我什麼也沒說，什麼也沒做。孩子們的問題是，如果他們想伸手去抓金圈，你就得讓他們抓，最好什麼也別說。他們要是摔下來，就讓他們摔下來好了，可別說什麼話去攔阻他們，那是不好的。

等到旋轉木馬停止以後，她下了木馬向我走來。「這次你也騎一下吧。」她說。

「不，我看妳騎就好了。我只想看妳騎，」我說著，又給了她一些她自己的錢。「給妳。再去買幾張票。」

她從我手裡接過錢。「我不再生你氣了。」她說。

「我知道。快去——馬上就要轉啦。」

接著她突然吻了我一下，然後她伸出一隻手來，說道：「下雨啦。開始下雨啦。」

「我知道。」

接著她做了一件事——真他媽的夭壽——她伸手到我大衣口袋裡拿出我那頂紅色獵人帽，戴在我頭上。

「**妳**不要這頂帽子了？」我說。

「你可以先戴一下子。」

「好吧。可是妳快去吧，再遲就來不及了，就騎不到妳的那匹木馬了。」

可是她還是待著不走。

「你剛才的話說了算不算數？你真的哪兒也不去了？你真的待會兒就回家？」她問我。

「是的，」我說，我說了也真算數。我並沒有撒謊，過後我也的確回家了。

「快去吧，馬上就要開始啦。」

她跑去買了票，剛好在轉臺開始轉之前入了場。然後她又繞著轉臺走了一圈，找到她的那匹木馬。然後她騎了上去。她向我揮手，我也向她揮手。

好樣的，雨開始下大了。是傾盆大雨，我可以對天發誓。所有做父母的、做母親的和其他人等，都跑過去躲到轉臺的屋簷下，免得被雨淋濕，但我依舊在長椅上坐了好一會兒。我身上都濕透了，尤其是我的脖子上和褲子上。我那頂獵人帽在某些部分的確替我擋住了不少雨，但我依舊淋得像隻落湯雞。不過我並不在乎。突然間我變得他媽的那麼快樂，眼看著菲比老妹那麼一圈圈轉個不停。我差點他媽的大叫大嚷起來，我心裡實在快樂極了，老實告訴你。我不知道什麼緣故。她穿著那麼件藍大衣，老那麼轉個不停，看起來真他媽的好看極了。老天爺，我真希望你當時也在場。

26

我要跟你談的就是這些。我本來也可以告訴你我回家以後幹了些什麼，我怎麼生了一場病，從這裡出去以後下學期他們要我念什麼學校，等等，但我實在沒那心情。我的確沒有。我現在對這種事一點也不感興趣。

許多人，特別是他們請來的那個心理治療師，不停問我明年九月回學校念書的時候是不是打算好好用功了。在我看來，這話問得有夠蠢的。我是說，不到你開始做的時候，你怎麼知道自己打算怎樣做？答案是，你沒辦法知道。我倒是打算用功，可是我怎麼知道呢？我可以發誓這話問得很蠢。

D.B.倒是不像其他人那麼混帳，但他也不停問我許多問題。他上星期六開了車來看我，還帶著一個英國妞，是主演他正在寫的那個電影劇本的。她非常矯揉造作，但長得十分漂亮。總而言之，有一段時間她出去到遠在走廊另一頭的女廁去了，D.B.就問我對上述這一切有什麼看法。我真他媽的不知怎麼說好。老實說，我真不知道自己有什麼看法。我很抱歉我竟跟這許多人談起這事。我只知道我很想念我所談到的每一個人。甚至史泰德賴塔和阿克萊老兄，比方說。我覺得我甚至也想念那個混帳毛里斯哩。說來好笑。你千萬別跟任何人談任何事情。你只要一談起，就會想念起每一個人來。

國家圖書館出版品預行編目資料

麥田捕手 / J.D.沙林傑作 ; 施咸榮, 祁怡瑋譯.
-- 三版. -- 臺北市 : 麥田出版 : 家庭傳媒城
邦分公司發行, 2019.01
288面 ; 148X21公分. -- (Great! ; 12X)
譯自 : The catcher in the rye
ISBN 978-986-344-610-1(平裝)

874.57 107020189

Great! 12

麥田捕手

The Catcher in the Rye

作　　者　沙林傑（J. D. Salinger）
譯　　者　施咸榮、祁怡瑋
責任編輯　祁怡瑋

國際版權　吳玲緯　楊靜
行　　銷　闕志勳　吳宇軒　余一霞
業　　務　李再星　李振東　陳美燕
總 編 輯　巫維珍
編輯總監　劉麗真
發 行 人　凃玉雲
出　　版　麥田出版
地址：10483台北市民生東路二段141號5樓
電話：(02)2500-7696　傳真：(02)2500-1967
網站：http://www.ryefield.com.tw
發　　行　英屬蓋曼群島商家庭傳媒股份有限公司城邦分公司
地址：10483台北市民生東路二段141號11樓
網址：http://www.cite.com.tw
客服專線：(02)2500-7718; 2500-7719
24小時傳真專線：(02)2500-1990; 2500-1991
服務時間：週一至週五09:30-12:00; 13:30-17:00
劃撥帳號：19863813　戶名：書虫股份有限公司
讀者服務信箱：service@readingclub.com.tw
香港發行所　城邦（香港）出版集團有限公司
地址：香港灣仔駱克道193號東超商業中心1樓
電話：+852-2508-6231　傳真：+852-2578-9337
馬新發行所　城邦（馬新）出版集團【Cite(M) Sdn. Bhd. (458372U)】
地址：41-3, Jalan Radin Anum, Bandar Baru Sri Petaling, 57000 Kuala Lumpur, Malaysia.
電話: +6(03) 9056 3833　傳真: +6(03) 9057 6622
讀者服務信箱 :services@cite.my

封面設計　王志弘
印　　刷　中原造像股份有限公司

初版一刷　2007年10月
三版十三刷　2024年 2 月

定價：NT$320
ISBN：978-986-344-610-1

讀者回函卡

cite城邦媒體

※為提供訂購、行銷、客戶管理或其他合於營業登記項目或章程所定業務需要之目的，家庭傳媒集團（即英屬蓋曼群島商家庭傳媒股份有限公司城邦分公司、城邦文化事業股份有限公司、書虫股份有限公司、墨刻出版股份有限公司、城邦原創股份有限公司），於本集團之營運期間及地區內，將以e-mail、傳真、電話、簡訊、郵寄或其他公告方式利用您提供之資料（資料類別：C001、C002、C003、C011等）。利用對象除本集團外，亦可能包括相關服務的協力機構。如您有依個資法第三條或其他需服務之處，得致電本公司客服中心電話請求協助。相關資料如為非必填項目，不提供亦不影響您的權益。

□ 請勾選：本人已詳閱上述注意事項，並同意麥田出版使用所填資料於限定用途。

姓名：______________________ 聯絡電話：______________________

聯絡地址：□□□□□______________________

電子信箱：______________________

身分證字號：______________________（此即您的讀者編號）

生日：____年____月____日 性別：□男 □女 □其他__________

職業：□軍警 □公教 □學生 □傳播業 □製造業 □金融業 □資訊業 □銷售業

□其他______________________

教育程度：□碩士及以上 □大學 □專科 □高中 □國中及以下

購買方式：□書店 □郵購 □其他______________________

喜歡閱讀的種類：（可複選）

□文學 □商業 □軍事 □歷史 □旅遊 □藝術 □科學 □推理 □傳記 □生活、勵志

□教育、心理 □其他______________________

您從何處得知本書的消息？（可複選）

□書店 □報章雜誌 □網路 □廣播 □電視 □書訊 □親友 □其他__________

本書優點：（可複選）

□內容符合期待 □文筆流暢 □具實用性 □版面、圖片、字體安排適當

□其他______________________

本書缺點：（可複選）

□內容不符合期待 □文筆欠佳 □內容保守 □版面、圖片、字體安排不易閱讀 □價格偏高

□其他______________________

您對我們的建議：______________________

____